DIVENTARE SINNER

Edizione realizzata per FITP – Federazione Italiana Tennis e Padel
da Iniziative Speciali di Giunti Editore S.p.A.
info.iniziativespeciali@giunti.it
Direttore: Francesco Zamichieli

Testi forniti da FITP – Federazione Italiana Tennis e Padel

Referenze fotografiche degli inserti:
Getty Images: © Julian Finney 24, © Shaun Botterill 25,
© Nikolay Doychinov / AFP 26, © Adrian Dennis / AFP 31,
© Vaughn Ridley 32, © Elsa 49, © Cameron Spencer 50
© Adelchi Fioriti 19, 20, 21, 22, 23
© Antonio Milesi 17, 18
© FITP: 12, 13, 14, 15, 27, 28
© FITP / Giampiero Sposito: 29, 30, 33-48, 51
© Francesco Panunzio 9, 10, 11, 16
Si ringraziano per le fotografie gentilmente fornite:
Elisabeth Egarter 1; Andrea Mammarella 2, 3; Alex Kostner 4;
Wolfram Egarter 5; Heribert Mayr 6, 7, 8

Progetto grafico di copertina: Studio27 S.r.l.
Realizzazione editoriale: Studio27 S.r.l.
Redazione: Francesco Milo

Via Bolognese 165 – 50139 Firenze – Italia
Via G.B. Pirelli 30 – 20124 Milano – Italia
www.giunti.it

Stadio Olimpico – curva Nord
Ingresso 44, Scala G – 00135 Roma
www.fitp.it

Prima edizione: maggio 2024
Prima ristampa: ottobre 2024

*Giunti Editore si impegna per uno sviluppo sostenibile
con l'utilizzo di carta certificata FSC® proveniente
da fonti gestite in maniera responsabile.*

FSC
www.fsc.org
MISTO
Carta | A sostegno della
gestione forestale responsabile
FSC® C115118

Stampato presso Elcograf S.p.A. – Stabilimento di Cles

ENZO ANDERLONI | MICHELANGELO DELL'EDERA | ALESSANDRO MASTROLUCA

DIVENTARE SINNER

La storia della formazione sportiva di un campione: dalla prima partita ufficiale a 9 anni al trionfo negli Open d'Australia

GIUNTI

FITP FEDERAZIONE ITALIANA TENNIS e PADEL

Indice

Introduzione

Ha guidato l'Italia alla riconquista della Coppa Davis dopo quasi mezzo secolo di digiuno, battendo tra gli altri il n° 1 del mondo, il serbo Novak Djoković. Ha conquistato il suo primo torneo del Grande Slam agli Open d'Australia 48 anni dopo l'ultimo successo italiano a questo livello, battendo di nuovo (in semifinale) il n° 1 Djoković, che è anche il tennista che ha vinto più titoli di questo genere nella storia (24) ed è stato più a lungo di chiunque altro in testa alla classifica del tennis professionistico. Se servivano conferme oggettive, incise nel metallo dei trofei che fanno la storia del tennis, Jannik Sinner è definitivamente un campione anche se ha solo ventidue anni.

Un campione che aspira ad altri trofei e ulteriori traguardi, che ha ancora ampi margini di miglioramento, ma che ha già spostato un gradino più in su, al 2° posto assoluto, il record nella classifica mondiale per un tennista italiano.

Sinner è un giovane atleta che è diventato un riferimento non solo per risultati e comportamento, ma anche per la linearità del suo percorso di crescita, costante, progressivo, con tutte le naturali accelerazioni e tutti gli altrettanto normali rallentamenti, le decine e decine di vittorie e di sconfitte, dalla prima partita ufficiale di under 10 con la tessera della Federazione (oggi FITP) a quella che gli ha permesso il 28 gennaio 2024 di sollevare la Norman Brookes Cup a Melbourne. Ripercorrere questa strada è un po' come risalire alla genesi di un capolavoro artistico, che sia un romanzo, un affresco o una scultura. Vuol dire provare a individuare quei tratti particolari che hanno finito per fare la differenza. Significa anche rendersi conto che se una certa cultura sportiva è diffusa nel nostro Paese, se la scuola tennistica condivide metodi formativi di alta qualità e il percorso di crescita verso l'eccellenza è tracciato, questo diventa accessibile per chiunque decida di affrontarlo.

Campioni si nasce o si diventa? Perché a noi non capita mai un Federer? Queste erano state le domande più comuni nell'ambiente del tennis italiano tra il 1981 e il 2010, un trentennio durante il quale in campo maschile abbiamo vinto in tutto 25 tornei (nessuno dei quali di livello Masters 1000) e raggiunto tre volte i quarti di finale in tornei dello Slam: con Cristiano Caratti agli Open d'Australia nel 1991, con Renzo Furlan a Parigi nel 1995 e con Davide Sanguinetti a Wimbledon nel 1998. Un trentennio che non a caso sta al centro di un tempo ancora più lungo, i 47 anni intercorsi tra la conquista della prima Coppa Davis, quella del 1976, e il secondo successo mondiale a squadre, quello del novembre 2023 a Malaga. O i 48 anni dalla vittoria di Adriano Panatta al Roland Garros, sempre nel 1976, e il trionfo di Jannik Sinner agli Open d'Australia del gennaio 2024.

La risposta alla prima domanda è più semplice di quello che si possa pensare. L'evoluzione dello sport professionistico, il confronto di diverse culture ed esperienze ha dimostrato che campioni, nel senso di atleti di successo in grado di conquistare grandi titoli, si diventa con il lavoro. Tanto lavoro e fatto nel modo giusto partendo dagli ovvi pre-requisiti che però non sono appannaggio solo delle più note superstar. A trionfare non sono solo i Borg e i McEnroe, gli Agassi e i Sampras, i Federer-Nadal-Djoković: anche i Lleyton Hewitt, gli Juan Carlos Ferrero, i Daniil Medvedev hanno vinto Slam e sono stati "numeri uno". Gli albi d'oro e l'archivio del ranking mondiale sono lì a dimostrarlo.

Per quanto concerne la seconda domanda, si è capito che si trattava di un quesito fuorviante: domandarsi perché il tennista con le doti del campione non nascesse entro i nostri confini era doppiamente sbagliato. Tranquillizzava la coscienza perché legava il raggiungimento del successo al destino, alla buona o cattiva sorte. E inoltre travisava la realtà: i potenziali campioni nascevano anche da noi, anche in quegli anni magri. Basti pensare ai tanti successi prestigiosi in ambito giovanile che l'Italia ha colto tra il 1981 e il 2010 (Claudio Pistolesi campione del mondo junior nel 1985, Diego Nargiso vincitore a Wimbledon juniores nel 1987, Andrea Gaudenzi n° 1 del mondo juniores e vincitore a Roland Garros e US Open under 18 nel 1990), grandi promesse che poi non si sono confermate a livello altrettanto alto nel circuito professionistico.

Il vero quesito da porsi dunque non era: perché da noi non nasce mai un Federer (o un Nadal, o un Djoković)? Bisognava invece chiedersi: se il nuovo Roger nasce da noi, poi diventa Federer?

Il lavoro di ricostruzione ed evoluzione del movimento tennistico italiano, operato dall'istituzione che lo governa, la FITP, negli ultimi venti anni si è sviluppato cercando di dare una risposta affermativa a questa domanda. Con la consapevolezza di quanto fosse fondamentale allargare la base e rendere più fitta possibile la rete della raccolta di aspiranti campioni, di giovani atleti con le qualità necessarie a sognare di diventare dei numeri uno. E con la certezza che il vero successo sarebbe arrivato se tutti coloro che avessero intrapreso con passione e determinazione l'avventura del tennis agonistico fossero riusciti a diventare "campioni di se stessi". Avessero cioè avuto la possibilità di esprimere tutto il loro potenziale, migliorando giorno dopo giorno come atleti e come persone, e vivendo così in ogni caso uno straordinario percorso di formazione personale che può trovare il suo culmine a livello regionale o nazionale. O nel ranking ATP.

Ripercorrere la storia sportiva di formazione di Jannik, ponendo particolare attenzione al periodo in cui non era ancora "diventato Sinner", cioè non era ancora stato riconosciuto come un potenziale numero uno, è dunque il modo di mettere in evidenza tutto ciò che in lui e nel suo percorso è eccezionale, insieme a quello che invece, per un tennista in crescita oggi in Italia, è normale. Diventare Sinner è qualcosa che si può fare solo se sei Jannik, ti sei applicato e ti applichi tutti i giorni come ha fatto lui, con le sue grandi doti fisiche e mentali. Andando però a seguire le sue orme sui campi di gioco (e all'inizio anche sulle piste da sci o sui campetti da calcio) si scopre che il terreno su cui ha poggiato i piedi era ben preparato, ricco di nutrienti, ideale perché tutti i semi dessero frutto.

Non è un caso se mentre Jannik è diventato Sinner e continua a migliorare, intorno a lui stanno crescendo e brillando a livelli assoluti tanti suoi coetanei o giù di lì. Ragazzi con i quali ha condiviso lo stesso percorso: i primi tornei FITP, i raduni tecnici, le gare a squadre provinciali, regionali e nazionali (come la Coppa delle Province o la Coppa Belardinelli), i campionati italiani under, le convocazioni nelle nazionali giovanili, le prime prove internazionali del circuito Tennis Europe, poi ITF, fino ai primi punti ATP.

Non è un caso che nel tabellone dei Campionati italiani under 12, la classica Coppa Lambertenghi, della stagione 2013, ritroviamo Jannik Sinner, ottimo semifinalista, ma anche Matteo Arnaldi (best ranking n° 35 ATP, finora*) e Lorenzo Musetti (best ranking n° 15 ATP), suoi compagni di squadra nell'Italia campione del mondo alle Davis Cup Finals. Troviamo anche Flavio Cobolli (best ranking n° 62), entrato nel 2024 nel club dei Top 100, Giulio Zeppieri (best ranking n° 110) e Mattia Bellucci (best ranking n° 142) che hanno tutte le carte in regola per diventare campioni anche loro. Ragazzi cresciuti nel Lazio come in Liguria o in Lombardia anziché in Alto Adige, con maestri e coach diversi da quelli di Sinner, e giunti a formare una squadra giovane e fortissima anche in prospettiva, con l'aggiunta di tanti nuovi potenziali campioni che di sicuro arriveranno grazie a un terreno così fertile. Una generazione che potrà contare su una certezza inedita: diventare Sinner si può e Jannik l'ha dimostrato.

* Classifica ATP all'8 aprile 2024.

Parte prima

Un bambino che non sta mai fermo

È un bambino che non sta mai fermo, con una folta chioma rossa. Non ha ancora quattro anni quando Andreas Schönegger, il maestro cui l'hanno affidato i suoi genitori, gli mette in mano la prima racchetta da tennis, un po' troppo grande per lui.

Jannik la prende con due mani e, tra un tentativo e l'altro di colpire la palla, ne appoggia l'ovale per terra: pesa troppo per un tipino sottile sottile, braccia e gambette che ricordano a tutti Semola, il giovane aspirante Re Artù a cartoni animati del classico Disney *La spada nella roccia*.

Quando tira quei primi colpi però è già birichino: il bersaglio non è il campo ma il maestro. Jannik tiene la racchetta sempre con due mani, sia per il diritto che per il rovescio, e mira alla sagoma di Andreas, che è un amico di suo papà. Gli tira addosso con tutta la forza che ha e se lo centra, o quasi, ride. Si diverte un mondo.

Questa è la prima immagine di Jannik Sinner su un campo da tennis e ce la regala proprio Andreas Schönegger, il suo primo insegnante di tennis. Il luogo è Sesto Pusteria. La data, un giorno di giugno dell'anno 2005.

L'iPhone non esiste ancora ma Facebook e YouTube sì, anche se sono agli inizi. Il n° 1 del tennis mondiale è Roger Federer che, a ventitré anni, ha già vinto due titoli a Wimbledon e sta per conquistare il terzo consecutivo. Però è appena esploso anche un certo Rafael Nadal, diciannove anni, che ha conquistato i suoi primi Internazionali BNL d'Italia (IBI) e il suo primo Roland Garros.

Il miglior italiano nella classifica ATP è Filippo Volandri, ventitré anni, n° 32. Tra i primi 100 ci sono anche Davide Sanguinetti, trentadue anni, n° 64; Potito Starace, ventitré anni, n° 86 e Andreas Seppi, ventuno anni, n° 88.

Sesto, o meglio Sexten, come lo chiamano tutti i suoi abitanti, è il paesino di 1860 anime dove Jannik Sinner vive dal giorno della sua nascita, il 16 agosto del 2001, registrata a San Candido (Innichen) perché è lì che si trova l'ospedale con il reparto maternità che fa da riferimento per la popolazione dell'Alta Pusteria.

Siamo in un fazzolettino di Italia che è famoso per la straordinaria bellezza delle sue montagne, le Dolomiti, uno dei sei siti naturali del nostro Paese riconosciuti come patrimonio mondiale dell'Unesco. Siamo anche nel comune più orientale della regione Trentino-Alto Adige. È situato al di là di quello che viene definito lo spartiacque alpino: il fiume Rio Bianco che nasce dalla Croda Rossa (presso il passo Monte Croce Comelico) e che attraversando la valle diventa Rio Sesto, si immette all'altezza di San Candido nella Drava, affluente del Danubio, il grande fiume mitteleuropeo che passando per Vienna e Budapest va a sfociare nel Mar Nero. Una collocazione, quella di Sesto, che dopo la prima Guerra Mondiale lo avrebbe fatto rimanere in territorio austriaco. La Conferenza di pace di

Parigi aveva infatti stabilito come riferimento per le spartizioni i confini fisici. Sesto si trovava al di là della Sella di Dobbiaco e l'Austria voleva tenerselo. Ma l'esercito italiano era riuscito a conquistarlo nel novembre del 1918 scendendo dal passo Monte Croce Comelico, così nel 1920 passò ufficialmente sotto la sovranità italiana.

Questa breve digressione storico-geografica non vuol essere esercizio di erudizione: serve a collocare qui i primi colpi di racchetta e aiuta a capire perché quando Jannik, a quattordici anni, lasciò la sua terra per inseguire il suo sogno di tennista, parlasse praticamente solo tedesco. La lingua di casa sua, dei suoi nonni e dei suoi genitori, dell'ambiente in cui era nato e cresciuto. Un ambiente umano ricco di valori semplici e importanti, fortificato nei secoli dalla collocazione in un contesto naturale dove la roccia finisce con l'essere un incantevole elemento del paesaggio ma anche un attributo caratteriale richiesto a chi ci vive a ridosso quotidianamente.

Da Sesto, più precisamente da Moso, parte la Val Fiscalina, una valle splendida che attraversa il Parco Naturale delle Tre Cime di Lavaredo. In poco più di quattro chilometri, che d'estate sono una bella passeggiata e d'inverno una suggestiva pista per lo sci di fondo, si raggiunge il Rifugio Fondovalle, in tedesco Talschlusshütte. Cinque chilometri scarsi da casa Sinner, il percorso che tutti i giorni i genitori di Jannik, Hanspeter e Siglinde, facevano per andare a lavorare, lui cuoco del rinomato rifugio e lei a seguire i clienti in sala.

Oggi il papà si è un po' sganciato da quel lavoro e può seguire il figliolo in alcuni tornei in giro per il mondo, all'interno del suo team, mentre la mamma rimane a gestire Haus Sinner, diventata una casa che mette a disposizione dei turisti accoglienti appartamenti per le vacanze.

Dunque se vogliamo provare a immaginare l'atmosfera in cui Jannik ha mosso i primi passi tennistici questo è il mondo cui dobbiamo fare riferimento. Quello di una famiglia normale, che vive in un piccolo paese di montagna che però al tempo stesso è una rinomata località turistica. I genitori che lavorano in un settore impegnativo come la ristorazione alberghiera e due figli da tirar su, anche con l'aiuto dei nonni, Josef e Maria, che stanno dietro ai ragazzini quando papà e mamma sono al lavoro.

I figli sono due perché ad allietare casa Sinner, tre anni prima della nascita di Jannik, nel 1998, era arrivato Mark, nato in Russia, a Rostov, e adottato quando aveva 9 mesi. Hanspeter e Siglinde, rispettivamente classe 1964 e 1966, all'epoca pensavano di non poter avere figli e accogliere Mark era stata una grande gioia. Cui si aggiunse inaspettatamente l'arrivo di Jannik ad arricchire un nucleo famigliare per il quale i Sinner si sono sempre definiti "persone fortunate".

Il primo maestro di sci e tennis

La casa è piena di vita anche perché i Sinner non ci mettono molto a capire che Jannik è un bambino diciamo così "molto attivo". Ha bisogno di muoversi, di giocare, di fare attività fisica. Per questo, quando il figlioletto ha l'età per la scuola materna, la signora Siglinde chiede aiuto a un amico di famiglia, quell'Andreas Schönegger che siamo andati a conoscere a San Candido dove tuttora lavora e che nella storia della formazione sportiva di Sinner resterà come il suo "primo maestro".

Il primo sport al quale avvia il "diavoletto rosso" non è però quello della racchetta, come racconta Schönegger:

> È partito tutto dal fatto che conoscevo bene i suoi genitori. Io avevo lavorato con loro nel ristorante dell'Hotel Kreuzberg, l'albergo al passo Monte Croce, tanti anni fa. Hanspeter è un bravissimo cuoco, uno dei migliori della zona, era in cucina e Siglinde serviva con me in sala. Io avevo frequentato la scuola alberghiera e la mia prima professione è stata il cameriere. Nel pomeriggio, dopo il lavoro, andavo quasi sempre a sciare con loro, specie con Hanspeter. Eravamo amici. Quando è nato Jannik, i sui genitori avevano preso in gestione il rifugio in Val Fiscalina e io avevo cambiato mestiere: facevo il maestro di sci e insegnavo tennis. Quando aveva all'incirca tre anni, Siglinde mi ha chiesto se potevo portarlo a sciare un'oretta o due alla settimana. Non posso dire di essere stato io a formarlo in pieno: lui con me ha mosso i primi passi sulla neve, a farlo diventare il campioncino che si è rivelato quando aveva sette anni sono stati i maestri dello sci club.

E qui si apre il primo capitolo dell'eccellenza di Jannik Sinner, ma ancora una volta non si parla di tennis. È lo sci a occupare la maggior parte del tempo libero di un bambino che conclusa la giornata scolastica passa tutto il tempo che può con gli sci ai piedi. È la cosa più normale per i ragazzini della valle, tra quelle montagne, con tutta quella neve. L'inverno lo si vive sulle piste, la primavera e l'estate sono le stagioni degli altri sport: il calcio, il tennis, la bicicletta (o la mountain bike).

Diventa naturale per Schönegger indirizzare Jannik allo sci club locale già a cinque anni, dove a prenderlo sotto la sua ala protettrice c'è Elisabeth, "Lee" per gli amici, Egarter, che insieme all'altro maestro, Robert Amhof, allena i più piccoli.

Sulle piste con la maestra fino all'ultimo ski-lift

Difficile non accorgersi dell'attitudine di Jannik, che già dalla prima elementare non vede l'ora che suoni la campanella per correre a casa a mangiare quello che gli ha preparato la nonna (magari una di quelle sue speciali *wiener schnitzel*, cotolette alla viennese, che lui adora) e indossare velocemente tuta, scarponi e protezioni varie per prendere al volo il pulmino che lo aspetta per salire agli impianti. Racconta "Lee" Egarter:

> Le prime gare le ha fatte quando era in prima elementare. Normalmente i bambini a quell'età si allenano due volte alla settimana, ma siccome lui voleva sempre sciare capitava venisse anche tre volte. Anche quattro volte. Cercava di sciare il più possibile: non si fermava fino all'ultima corsa dello ski-lift. Noi avevamo due gruppi: i più grandi e i più piccoli. I grandicelli sciavano tre o quattro volte alla settimana a seconda del tempo libero che avevano e lui, dato che sciava bene anche se era piccolino, ogni tanto si infilava negli allenamenti dei grandi.

Nasce già qui quel concetto di lavoro, di miglioramento attraverso l'allenamento che per Sinner ancora oggi è un mantra. In un'intervista a *Repubblica* del 2019 suo papà Hanspeter disse di Jannik che «era un bambino che pensava molto». E i compagni delle elementari sostengono che il suo modo di giocare era sempre serio, anche quando scherzava.

Affrontava il mondo senza paura, a viso aperto nonostante un piccolo incidente occorsogli ai tempi in cui frequentava la materna, raccontato a Gianni Clerici nel volume *Il tennis facile* dal chiropratico Alfio Caronti:

> All'età di cinque anni Jannik aveva vissuto un brutto momento. Un suo compagno di giochi lo aveva spintonato con una certa violenza facendogli sbattere la testa contro il muro procurandogli una ferita che avrebbe richiesto alcuni punti di sutura. Quell'esperienza lo aveva segnato; per certi versi positivamente, per altri un po' meno. Da quel brutto incidente, infatti, aveva preso a stare allerta per qualsiasi cosa si muovesse dinanzi o verso di lui ma nello stesso tempo aveva rafforzato la determinazione a non indietreggiare mai, per nessun motivo al mondo; un aspetto questo, per un tennista come lui, molto positivo perché lo avrebbe portato nel tempo a sviluppare una grande propensione all'attacco, ad andare avanti, e una profonda inclinazione a non farsi spingere indietro, fuori dal campo di gioco.

Avere un cappellino in testa lo ha sempre fatto sentire più protetto, oltre ad aiutarlo a tenere sotto controllo quella chioma rossa che sarebbe diventata nel tempo il suo segno di riconoscimento, il motivo per cui i compagni di scuola lo soprannominarono "volpe", nickname a partire dal quale ha poi fatto disegnare il suo logo. A fotografare ancora meglio la mentalità di quel bambino apprendista campione c'è anche questa considerazione di Andreas Schönegger, quando riflette su che cosa avesse di particolare quel piccolo Jannik affidatogli, sportivamente parlando, dai genitori: «Mi sono presto reso conto che era diverso dagli altri bambini. Quando sciava o giocava a tennis non cercava di divertirsi: voleva imparare».

Ogni sessione di allenamento sulle piste bianche era di due ore, come spiega la maestra "Lee" Egarter:

> Si sciava dalle 14.00 alle 16.00 di solito. Ogni uscita era diversa. Lui si allenava per lo slalom e per il gigante, e gli allenamenti erano in funzione delle gare che ci aspettavano nel fine settimana. Non si facevano solo pali: facevamo anche sciata libera. Uno schema organizzativo classico era che un allenatore andasse a piazzare i pali, preparando il tracciato, mentre l'altro sciava con i ragazzi sul campo libero. Facevano sette-otto volte il percorso tra i pali e a seguire di nuovo sciata libera, magari con esercitazioni divertenti, tipo scendere con uno sci solo o andare nella neve fresca fuori pista. O ancora, ci si esercitava senza racchette o tenendo le racchette in un certo modo. Ovviamente noi li osserviamo mentre scendono e diamo le indicazioni tecniche del caso.
>
> Lo sci richiede tanta coordinazione e rapidità di reazione, specie nello slalom. Devi essere veloce sulle gambe e tanti muscoli devono lavorare insieme. Devi saper gestire gli spostamenti di peso del corpo, da una gamba all'altra, velocemente. Ci sono aspetti molto simili tra sci e tennis, anche la pressione quando vai a fare le gare. C'è da gestire l'agitazione che normalmente capita di avere prima della partenza. Anche questo può essere utile per abituarsi alla tensione che ci può essere in una partita di tennis, specie nei momenti importanti, i più complessi da gestire.
>
> Jannik era un bambino che rideva sempre, uno che faceva anche scherzi ai compagni. Ma durante l'allenamento era sempre molto attento. Si vedeva che ci teneva a migliorarsi. Dopo ogni giro si fermava e chiedeva: «Come sono andato? Sono andato bene?» Questo già quando aveva cinque o sei anni, un'età alla quale di solito le correzioni che fai, le indicazioni che dai,

entrano da un orecchio ed escono dall'altro. Come mentalità era proprio avanti rispetto agli altri. Voleva vincere, voleva essere il migliore e si applicava per questo.
Ci tengo a confermare quello che nel periodo di grande attenzione su di lui dopo la vittoria in Coppa Davis e agli Open d'Australia si è letto anche in tante interviste sui giornali: i suoi genitori non l'hanno mai messo sotto pressione. Lui sciava, faceva la sua gara: se andava bene, bene. Se andava male gli dicevano: fa parte del gioco, la prossima volta andrà meglio. Fare bene era una voglia tutta sua, un suo desiderio.

Campione italiano di sci a sette anni

Jannik fa subito bene, benissimo. Tanto bene che meglio non si può. Allo Sci Club di Sesto sanno riconoscere la bravura dei loro piccoli allievi: decidono di portare Jannik alla gara più prestigiosa a livello nazionale. Si chiama GranPremio Giovanissimi ed è allora giunto alla 32esima edizione: chi lo vince è campione italiano. La prova è uno slalom gigante riservato ai piccoli atleti nati nel 2001. Viene ospitata ogni anno da una località diversa: nel 2009 si corre il 5 aprile a Sansicario, nota stazione sciistica piemontese che ha ospitato tante prove di Coppa del Mondo e anche discesa e supergigante delle Olimpiadi del 2006.

In campo maschile ci sono 152 iscritti, 148 le partecipanti alla gara femminile. Il referto parla di neve primaverile con la temperatura di zero gradi alla partenza, a 2190 metri di altitudine, e due gradi sopra lo zero all'arrivo, a quota 2050.

Il vincitore ha il pettorale n° 152 e taglia il traguardo in 0'45"15, quasi un secondo di vantaggio su chi lo segue, che chiude il percorso in 0'46"01: nel referto (ancora consultabile nel database della Federazione Italiana Sport Invernali) risponde al nome di Yannick Sinn. Nome e cognome sono entrambi sbagliati ma abbiamo capito lo stesso di chi si sta parlando.

Jannik è campione d'Italia. È il più forte di tutti nella sua fascia d'età. È chiaro che a questo punto le sue prospettive prendono una direzione molto chiara. Lo sci è una priorità forte e lo rimarrà per diversi anni. Nel 2010 Sinner vince tre gare a livello provinciale (e in altre tre si piazza al secondo posto), è 6° ai Regionali e ai Campionati italiani, il 33° GranPremio Giovanissimi, organizzato a Livigno, si piazza ancora tra gli eccellenti, con un 5° posto assoluto. Pettorale n° 180, chiude in 0'48"85, a meno di un secondo dal vincitore, Tommaso Saccardi. Questa volta nel referto il cognome si completa e diventa Sinner. Il nome però è Yannic: per la perfezione c'è ancora da lavorare.

Brilla di nuovo nel 2011, con 2 vittorie, 2 secondi posti e 2 quarti posti a livello provinciale e una medaglia di bronzo ai Campionati regionali, dove risulta il migliore tra i nati nel 2001. E migliora ulteriormente l'anno dopo, il 2012, quando è secondo ai Campionati regionali e secondo ai Campionati italiani, il 35° GranPremio Giovanissimi, questa volta ospitato a Falcade, nel Bellunese.

Jannik, che compirà undici anni nel successivo mese di agosto, si conferma uno dei migliori prospetti italiani. Si piazza secondo assoluto su 150 giunti al traguardo, battuto per soli 66 centesimi da Goffredo Mammarella, abruzzese di Rocca di Cambio (che sarebbe arrivato alla convocazione in nazionale per la Coppa Europa e al titolo di Istruttore Nazionale, che contraddistingue coloro che formano e aggiornano i maestri di sci ed è riservato a un'élite di sciatori: erano 158 nel 2021). Tutto fa pensare all'inizio di una carriera importante, sulle orme dei grandi. Compreso il fatto che si allena anche a Monte Croce sotto lo sguardo di Klaus Happacher, un maestro con esperienza in Coppa del Mondo, da discesista, ai tempi di Herbert Plank, Gustavo Thoeni e del grande rivale austriaco Franz Klammer.

Ma seguendo le sue tracce sulle piste da sci siamo scivolati oltre l'infanzia, quella dell'apprendistato e di quel primo successo assoluto, a San Sicario, che lo fa uscire dalla "normalità" per quanto concerne lo sci. Beninteso, la sua vita quotidiana, l'atteggiamento suo e dei suoi, continua a essere del tutto normale. Jannik scia tanto, più che può, ma soprattutto perché si diverte. La cosa bella, e un po' particolare, è che quello scivolare sulla neve, zigzagare tra i pali con l'aria fresca sul viso non gli basta.

Lo sci ha una stagionalità ben definita anche per chi abita a 1310 metri sul livello del mare. E dunque, quando i campi di neve ridiventano prati, c'è tanto tempo da riempire di giochi in movimento, all'aria aperta.

Del tennis abbiamo già detto: a partire dal 2005, d'estate, una o due volte alla settimana Andreas Schönegger gli insegna i primi rudimenti. E poi c'è la possibilità di integrare con papà Hanspeter. Proprio Schönegger racconta:

> Allora insieme a un altro maestro avevo organizzato un corso, un po' a Sesto e un po' a San Candido, si andava in campo due volte alla settimana. Gli altri bambini erano tutti più grandi perché della sua età non c'era nessuno: normalmente si inizia a cinque-sei anni. Ma a Jannik non bastava quell'ora, ora e mezza ogni volta: doveva venire il papà dopo il lavoro a giocare ancora con lui. A vederlo adesso che è uno dei primi del mondo, che non molla mai, che ogni volta nelle interviste dice che deve ancora imparare, deve ancora capire questo e quello, mi

torna in mente la forza che aveva già da piccolo. Mi ricordo di averlo visto un giorno, dopo la lezione di tennis, seduto sulle scale che portavano al centro sportivo. Gli avevo detto: «Ma non vai a casa?». «No» mi aveva risposto, «aspetto che arrivi mio papà perché devo allenarmi ancora un'ora». I bambini di quell'età normalmente quando finiscono buttano via la racchetta e corrono a casa a giocare. Lui voleva star lì, non era soddisfatto di quello che aveva fatto. E questo valeva anche per lo sci. Continuava ad andare su finché lo ski-lift non si fermava anche se l'allenamento era finito. Bisognava fermarlo: era sempre attivo.

Un'attività che, a quanto pare, continuava anche dentro casa, quando Jannik giocava a spegnere la luce mirando l'interruttore con il suo diritto. Una caratteristica, questa voglia continua di mettersi alla prova e di migliorare sempre, che inevitabilmente fa la differenza, anche a parità di condizione di partenza.

All'inizio Jannik si arrangiava, come gli altri. Normalmente a quella età passano due o tre anni prima che i bambini comincino un po' a impadronirsi dei colpi, a controllare la palla. Lui già al secondo anno ha cominciato a colpire la palla abbastanza bene: palleggiava con suo papà. A cinque anni ha fatto il primo torneino: erano tornei sul campo piccolo con le palline depressurizzate. Le gare a quell'età dalle nostre parti sono eventi promozionali sotto l'egida del VSS, Verband der Sportvereine Südtirols, la federazione delle associazioni sportive di lingua tedesca e ladina della provincia autonoma di Bolzano. Jannik allora non sapeva ancora contare i punti. Mi ricordo quando vinse la prima partita e io gli dissi: «Adesso devi andare a dargli la mano». E lui: «No, no, perché?». «Perché hai vinto». «Come ho vinto?» Non sapeva neanche di aver vinto.

Un talento anche col pallone tra i piedi

Mentre nello sci conquistava il tricolore, a tennis dunque giochicchiava, d'estate e a livello locale. Già si capiva che anche con la racchetta se la cavava benino, nonostante dovesse quasi sempre cimentarsi con bambini più grandi. Ma ancora non gli bastava. Nella bella stagione c'era tanto tempo da passare all'aria aperta con gli amici e anche a Sesto il pallone era un'attrazione irresistibile, il gioco per eccellenza. Lo è stato anche per Jannik fino a quando è rimasto nelle sue montagne. Tutti i pomeriggi liberi erano un'occasione buona per partite e partitelle, oltretutto il calcio era uno degli sport di famiglia. Suo papà era un grande appassionato: aveva militato nelle file dell'ASC Sexten, la società locale nata nel 1984 e impegnata con tante squadre in vari campionati a partire dalle giovanili. Ce lo racconta Wolfram Egarter, presidente della società al tempo in cui Jannik vestiva la divisa rosso fuoco, che scopriamo essere nientemeno che il fratello di Elisabeth, "Lee", la maestra di sci. Dallo sci al calcio il piccolo Sinner era sempre sotto l'ala degli Egarter. Dice "Wolfi", sorridendo a spiegazione della curiosa coincidenza:

> Eh, il nostro è un paese con meno di 2000 abitanti. Io e Hanspeter eravamo compagni di squadra, abbiamo giocato insieme in Terza Categoria: io ero centrocampista centrale, lui difensore laterale. Jannik ha cominciato a otto anni dai Pulcini, poi è passato agli Esordienti fino a giocare un paio di partite tra i Giovanissimi, che sono gli under 14, prima di lasciare Sesto per Bordighera. I campionati dei più piccoli erano organizzati dal VSS, con i Giovanissimi si passava alla FIGC. E se nelle prime due stagioni da under 10 il campo era quello per

giocare a 7, nelle ultime tre, da più grandicello, Sinner ha assaporato il gusto delle partite a 11.

Giocando con i suoi piccoli amici, Jannik deve avere cominciato a dribblare prima ancora di prendere in mano la racchetta. Del gruppetto dei ragazzini più o meno della sua età era il più talentoso: usava entrambi i piedi anche se preferiva il sinistro. Quando non sciava passava il tempo a tirare il pallone contro il muro di casa. Niente di strano, quindi, se il bimbo dalle capacità coordinative sopra la media (quando c'è di mezzo una palla quelle oculo-motorie entrano particolarmente in gioco) diventa presto il leader della squadra, sulla maglia il numero 7 e nella sostanza le doti del centrocampista goleador con i piedi buonissimi e una grande visione di gioco. Il tutto, come sempre, amplificato dalla solita grande applicazione quando si tratta di lavorare in allenamento. Racconta ancora Egarter:

> Non era Maradona ma di sicuro era il più bravo della squadra. Quello che faceva subito la differenza era la sua capacità di mettere in pratica immediatamente ciò che gli chiedeva l'allenatore, mentre gli altri avevano bisogno di un po' di tempo per ingranare. Aveva gambe lunghe e sottili, un incredibile precisione nei passaggi e nei tiri, anche perché quando finiva l'allenamento si fermava a provarli, mirando sempre l'incrocio dei pali. In più in campo aveva un'intelligenza fuori dal comune.

Marcare stretto il "rosso" con la maglia rossa era la prima indicazioni degli allenatori avversari, perché quando toccava la palla erano sempre dolori. In tutte le stagioni che ha disputato con i ragazzini dell'AFC Sexten ha segnato sempre almeno 25 gol. Il più clamoroso dei quali è stato quando, nell'anno in cui militava nei Pulcini, scartò praticamente tutta la squadra avversaria prima di infilare la palla in rete. E l'allenatore, invece di premiarlo per la bravura, lo aveva sostituito, richiamandolo in panchina a meditare su quell'atteggiamento per nulla altruista. Clamoroso come il fatto che quell'allenatore dei Pulcini all'AFC Sexten fosse un certo Hanspeter Sinner, suo papà.

Dunque, se nello sci era già un campioncino e nel tennis mostrava una buona attitudine, a pallone non era da meno. Il fatto che anche questa sua abilità sia poi rimasta una passione da esprimere solo tra amici, per divertimento, ha lasciato in tanti il dubbio che Sinner avrebbe potuto essere un grande talento in Serie A. Ma lui a un certo punto (tra i dodici e i tredici anni) ha scelto diversamente.

Quello che è certo è che negli anni che hanno preceduto la sua prima partita ufficiale di tennis (databile nel periodo delle vacanze natalizie tra il 2009 e il 2010, in un torneo per under 10 a Bolzano) Jannik si era distinto come un bambino che amava moltissimo gli sport, li praticava come suoi giochi preferiti e il divertimento per lui coincideva con il desiderio di far bene, di essere il migliore. E a quanto pare spesso ci riusciva.

L'OCCHIO TECNICO

L'importanza della multidisciplinarietà in un "ambiente virtuoso"

A quelli della mia generazione Sesto Pusteria, paesino di 1860 abitanti nella provincia autonoma di Bolzano a 1310 metri di altitudine, ricorda un po' il paesaggio delle montagne di Heidi, la protagonista di un cartone animato popolarissimo negli anni Settanta: una bambina che viveva in una baita con il nonno e stava sempre all'aria aperta, nei prati, con le montagne a fare da sfondo di un panorama idilliaco.

Il fatto che Jannik Sinner, con i suo capelli lunghi rossi come un personaggio da cartoni animati, sia nato e cresciuto in uno scenario così, in una famiglia come tante, papà Hanspeter cuoco e mamma Siglinde cameriera, ha reso la sua infanzia sicuramente molto diversa rispetto a quella di tanti suoi coetanei, che utilizzavano l'ascensore per scendere le scale, l'automobile per andare e ritornare da scuola, la TV e il computer per trascorrere il tempo libero dopo avere studiato perché scendere per "strada" è pieno di insidie. Il piccolo Jannik, rispetto ai suoi coetanei che non fanno più di 1000 passi al giorno, vive in un ambiente come quello di Heidi, dove correre, saltare, rotolarsi, rincorrersi, fare capovolte, andare in bicicletta (non quella elettrica) e scendere per strada è la normale quotidianità.
Quando, dopo aver vinto gli Open d'Australia 2024, Jannik dice «auguro a tutti i bambini di avere la libertà che mi hanno dato i miei genitori», si riferisce anche a questo. L'età in cui l'intelligenza motoria ha bisogno di continui stimoli strettamente collegati all'area mentale con processi di **autonomia** e **consapevolezza** che crescono con le continue esperienze motorie di vita quotidiana.

Per fare un esempio concreto, provate a immaginare una scena che capita spesso di osservare nei parchi di qualsiasi città italiana: bimbo di tre-quattro anni alla guida di una macchina elettrica telecomandata dal papà. Oppure tanti bimbi con la bicicletta elettrica, il monopattino naturalmente sempre elettrico, biciclette "assistite". Sono esempi di esperienze motorie, autonomia e consapevolezza che vengono a essere poco stimolate nel periodo più fertile per far diventare le "capacità" delle vere e proprie "abilità". Se poi questa quotidianità varia continuamente, anche perché d'inverno la neve ti consente di stimolare alcune capacità straordinariamente importanti nel tennis quali equilibrio, combinazione degli arti inferiori con quelli superiori e ritmo, possiamo affermare con certezza che ogni bimbo, che abbia o no i capelli rossi, dovrebbe avere il suo Sesto Pusteria.

Un Sesto Pusteria, che adesso chiameremo **ambiente virtuoso**, dovremmo costruirlo per tutti i bimbi tra zero e otto anni, lasciando loro l'opportunità di fare esperienze psicofisiche tali da riempire quotidianamente la loro "lavagna bianca", tali da lasciare segni indelebili per tutta la vita sportiva e non, dei nostri figli o nipoti. Non parliamo solo di esperienze motorie ma anche mentali, che possano sviluppare concetti di vita essenziali quali, come dicevamo, autonomia e consapevolezza.

Per essere chiaro, desidero fare un esempio concreto. Ero con la nazionale under 12 in uno dei tornei internazionali più importanti al mondo, ad Auray, Nord della Francia, regione della Bretagna. Naturalmente mentre i tecnici dei Paesi nordici, ma anche di Paesi a noi limitrofi, erano solo con i bimbi, io al seguito avevo non solo i bambini convocati, ma tutte le famiglie dei singoli ragazzini. Questo torneo si gioca ancora oggi ogni anno a fine febbraio, con un freddo glaciale. Quando i ragazzi uscivano dalla club house, sistematicamente i genitori italiani al seguito "vestivano" i loro figli per non far prendere loro freddo. Gli altri bimbi uscivano come capitava e, naturalmente, se avevano freddo rientravano e si coprivano in base alle loro necessità. Ma anche nel mangiare, gli altri bimbi si adattavano a quello che l'organizzazione metteva loro a disposizione, mentre i nostri integravano o sostituivano i pasti con la spesa fatta al vicino supermercato.

Mentre le altre nazionali dormivano ospitate dalle famiglie autoctone, noi rigorosamente in hotel. Mentre io mi occupavo dell'attivazione e defaticamento, gli altri bimbi lo facevano singolarmente per proprio conto. Potrei continuare con gli esempi, ma dopo queste osservazioni fatte nel 1999 con la nazionale under 12 dell'epoca, ho cercato in qualsiasi contesto di costruire l'ambiente virtuoso intorno a tutti quei bimbi e famiglie che, come dice Jannik, si traduce con la libertà di scelta che gli hanno dato i suoi genitori, cominciata quando era piccolo con quella libertà nella vita quotidiana, che si è trasformata nel tempo nella libertà di fare autonomamente ma consapevolmente scelte molto più importanti.

Quanto detto finora rappresenta bene uno dei concetti tra i più importanti della psicologia dell'età cognitiva illustrata da Piaget, che spiega come nella fascia di età tra gli zero e gli otto-dieci anni l'essere umano entri in contatto con il mondo attraverso il movimento, il gioco che costituisce una delle principali forme di espressione dell'intelligenza del bambino.

Dunque nel lasso di tempo che va tra il 16 agosto 2001, data di nascita di Jannik e la fine di dicembre del 2009, data della sua prima partita ufficiale con la tessera FIT, Sinner cresce in un ambiente virtuoso, fatto di tanto gioco che non chiameremo assolutamente sport, cioè qualcosa di definito, di strutturato con regole precise.
Il gioco si fonda sul principio del piacere, dell'innovazione e della creazione, e Jannik di sicuro voleva divertirsi e scoprire tanti giochi. Gli piaceva sciare, giocare a tennis e a calcio, ma anche fare altri sport di situazione, dove nessun movimento è definito, alla scoperta continua di tante attività che potessero arricchire la sua intelligenza motoria.

La ricerca continua di nuove esperienze motorie costituisce la base di un grattacielo che è diventato così alto non solo per le capacità psicofisiche intrinseche di Jannik, ma anche e soprattutto perché stimolate quotidianamente da un ambiente virtuoso e dalla **multidisciplinarietà** che ha ampliato il bagaglio motorio di Jannik dai "capelli rossi".

Una programmazione settimanale, mensile, annuale, fatta da diverse discipline sportive ma anche e soprattutto da tanto gioco libero. Basti pensare che dopo aver sciato o giocato in una scuola tennis federale stagionale, considerate le condizioni climatiche, Jannik, così come accadeva ai bimbi degli anni settanta che giocavano con il muro, si divertiva a spegnere e accendere la luce con racchetta e pallina, stimolando quel controllo e quella precisione che oggi gli fanno piazzare la palla a velocità stratosferiche vicino alle righe.

Sì, i primi passi del tennis di Jannik sono avvenuti poi in una scuola tennis federale, prima cellula della struttura di un Sistema Italia che oggi è alla base di una piramide che regge l'intero movimento. Ieri poco più di mille scuole, oggi grazie a Jannik e ai suoi fratelli, i Matteo (Berrettini e Arnaldi) e Lorenzo boys (Sonego e Musetti) ma anche tanti altri (Fabio, Simone, Andrea, Flavio, Luciano e potrei continuare...), le scuole sono più di duemila, con una denominazione diversa dal passato: SAT (Scuole Addestramento Tennis), vere **scuole di formazione sportiva 3.0** che racchiudono un ambiente virtuoso e multiforme oltre che multidisciplinare (tennis, padel, beach tennis, pickleball, ecc.) e una preparazione motoria che amplia le conoscenze dei bimbi.

Il Sistema Italia, di cui si parla tanto, ha le sue origini proprio come Jannik nel 2001, con un progetto sportivo denominato PIA (Piani Integrati d'Area) voluto dal neoeletto gruppo dirigente della FIT guidato dal Presidente Angelo Binaghi, che metteva insieme le scuole tennis del territorio per stimolare sano confronto e formazione guidata da principi di gradualità e metodologie d'insegnamento innovative. Spazio di gioco, attrezzi (palle e racchette), regole che proiettavano i bimbi a un approccio universale che potesse consentire loro di arricchire quella lavagna bianca di contenuti da poter esprimere non con una specializzazione precoce di risultati ma con questi nuovi contenuti, nuovi approcci didattici. Provare l'emozione dell'ace o del *killer forehand* o di una risposta vincente era possibile senza dover aspettare i 20 anni.

Parliamo di contenuti, proprio perché le prime partite ufficiali di Jannik si sarebbero poi espresse con l'esaltazione dei concetti precedentemente espressi, grazie alla PIA CUP riservata agli under 10. Squadre di bimbi di più circoli che si confrontavano con altre realtà territoriali non solo in una partita di tennis ma anche e soprattutto in prove di destrezza motoria che vedevano i ragazzi competere dentro e fuori il campo. Con risultati finali che determinavano la vittoria e la sconfitta sulla base dell'insieme dei risultati acquisiti dai singoli, ma all'interno di una squadra.

Non mi meraviglia il fatto che Jannik, nato per competere in qualsiasi occasione, alla fine abbia scelto uno sport straordinariamente sfidante come il tennis. Uno sport che più di altri è espressione di una competizione continua, dentro e fuori dal campo, non contro gli altri ma contro se stessi e i propri limiti. Il divertimento per Jannik è sempre stato cercare di essere ogni giorno migliore, qualunque fosse il gioco in cui era impegnato. A un certo punto ha scelto il tennis. E guardate dove è arrivato.

Parte seconda

La prima partita ufficiale e gli anni con il maestro "Hebbi"

È piuttosto comune far cominciare la storia di un campione dal momento in cui "buca lo schermo" con un'impresa che lo fa uscire dall'anonimato. Per Jannik Sinner normalmente si risale al torneo ATP Challenger di Bergamo del febbraio 2019 quando, da diciassettenne n° 546 del mondo, sbaragliò il tabellone lasciando tutti a bocca aperta e guadagnando più di 200 posizioni in una settimana.

In realtà, il cammino che lo porta dalle vette delle Dolomiti a quelle del Grande Slam parte quasi dieci anni prima, durante le vacanze di Natale del 2009. Il Centro Tennis Ussa di Bolzano, associazione sportiva dilettantistica affiliata all'Unione delle Società Sportive Altoatesine, organizza una tappa importante del Nike Junior Tour, torneo nazionale giovanile riservato alle categorie dall'under 10 all'under 16. È il primo torneo ufficiale in cui nel tabellone compare il nome di Jannik Sinner, tesserato per la prima volta alla Federazione Italiana Tennis (il padel si sarebbe aggiunto nel 2022 trasformando la FIT in FITP) per il Tennis San Giorgio di Brunico.

Racconta il maestro Paolo Giannelli, direttore del torneo e papà di Simone, giocatore simbolo del volley italiano campione del mondo nel 2022:

> Era una bella manifestazione e il circuito era importante. Il fatto che si svolgesse nel periodo natalizio (dal 26 dicembre al 6 gennaio) faceva sì che i ragazzi e le famiglie fossero più liberi di muoversi e quindi di partecipare. Tra tabelloni maschili e femminili gli iscritti erano più di quattrocento, anche perché dopo il Lemon Bowl di Roma era la prova più importante per quelle categorie d'età. Qualcuno addirittura cercava di incastrare le date e partecipare a entrambi i tornei. Una volta è venuto anche un gruppo di ragazzini da Roma, tra i quali c'era Matteo Berrettini.

Quel giorno d'inverno Jannik gioca la prima partita ufficiale della sua carriera, la prima di una serie ininterrotta che sarebbe passata attraverso la conquista della Coppa Davis 2023 e il trionfo agli Open d'Australia 2024. Lui ancora questo non lo sa, anche se probabilmente lo sogna. A Bolzano sa solo che dall'altra parte della rete c'è un ragazzino che si chiama Alex Kostner, che ha già trovato in giro per i torneini promozionali del VSS nelle stagioni precedenti. Gioca la sua partita e la vince senza rischiare: 6-3 6-4. È l'inizio di un percorso lungo il quale nei primi anni sarà spesso accompagnato dal nonno, Josef (scomparso a novantuno anni, nel gennaio del 2023 mentre Jannik era agli Open d'Australia). Era lui a portarlo agli allenamenti e ai tornei perché i genitori erano molto impegnati con il lavoro. Lui che Paolo Giannelli ricorda sempre a fianco di Jannik e sempre lui che aveva accompagnato il nipotino a Brunico per il provino con quello che sarebbe stato il maestro della sua formazione agonistica, lo stesso che lo avrebbe iscritto a questo suo primo torneo, a Bolzano: Heribert Mayr. Ma di questo parleremo più avanti.

«Alex Kostner era bravino» ricorda Paolo Giannelli, «giocava ad Ortisei». In effetti quel ragazzino allora un po' più alto di Sinner, si ritroverà anche in seguito tra i nomi dei suoi avversari. Avrebbe però successivamente intrapreso una strada diversa dopo le scuole superiori: si sarebbe iscritto all'istituto universitario Management Center Innsbruck – The Entrepreneurial School. Oggi è il cordiale marketing manager dello splendido hotel di famiglia, il Freina, un quattro stelle a Selva di Val Gardena, perla delle Dolomiti ai piedi del massiccio del Sella. Conserva però ancora qualche immagine (che condivide con noi) e ritaglio di giornale di quando lui e Jannik si affrontavano con la racchetta in pugno.

Ma torniamo sui campi dell'USSA di Bolzano per il secondo turno di quel tabellone under 10 del Nike Junior Tour 2009-2010, quando il piccolo Sinner, dopo la prima vittoria, sperimenta la prima sconfitta ufficiale, scritta nel database della FITP. Gliela infligge Nicolò Zampoli, tennista tesserato per l'ATA Battisti di Trento, al termine di due set tiratissimi: 7-5 7-6(4).

Zampoli è più grande di lui: proprio il 5 gennaio 2010 compie dieci anni e a quell'età un anno e mezzo di differenza fa… la differenza. Oltre al fatto che Nicolò gioca davvero bene. Negli anni successivi sarebbe diventato un buon Seconda categoria, sperimentando anche l'attività internazionale giovanile (il 13 febbraio 2017 avrebbe raggiunto il n° 694 nella classifica mondiale ITF under 18) per poi tentare qualche torneo ITF

Futures. Lo troviamo per esempio nel tabellone delle qualificazioni all'Italy F2 Futures di Trento nel 2015, dove cede all'ucraino Vadym Ursu. Lo stesso tabellone dove si leggono, tra gli altri, i nomi di Matteo Berrettini, Lorenzo Sonego e Daniil Medvedev. Il tennis non è diventato il suo business (il suo profilo sul sito ATP alla voce guadagni dice: 64 dollari). Però si laurea in Economia alla Bocconi e con un successivo Master in management alla ESCP Business School lo ritroviamo negli uffici londinesi di Amazon a occuparsi di aspetti finanziari.

Il primo torneo ufficiale di Jannik finisce dunque contro Nicolò, che a sua volta esce nei quarti di finale. Per la cronaca il vincitore fu Nicola Buffo, di Legnago, che in semifinale aveva superato 6-1 6-4 Davide Tortora, veronese, uno che avrebbe tentato come Sinner la carriera professionistica (e in un paio di occasioni avrebbe anche giocato il doppio con Jannik a livello giovanile), passando per i Centri tecnici FIT prima e per la squadra della Mississippi State University poi.

Anche Buffo avrebbe continuato a giocare con la determinazione e la qualità sufficiente per entrare nelle qualificazioni di un paio di tornei internazionali under 18 e per raggiungere la Seconda categoria. Nel 2018 è classificato 2.6, il livello che gli basta per ottenere una borsa di studio negli Stati Uniti. Vola dall'altra parte dell'oceano a studiare allo SCAD, il Savannah College of Art and Design in Georgia, giocando nella squadra del college che partecipa al campionato universitario NCAA. Un tennista-creativo che sul profilo Linkedin si definisce professionalmente copywriter. Appena laureato, nel 2023, lancia a Portland, con la compagna d'università Francine Voit, Pistakio – Pistachios Reimagined, un piccolo marchio che punta tutto sulla bontà del pistacchio, sapore italiano, rivisitato in tutte le sue declinazioni.

Il torneo giovanile dell'USSA di Bolzano 2009-2010 è significativo nel nostro racconto perché rappresenta l'inizio ufficiale della storia agonistica di quello che si candida a essere il più forte giocatore italiano di sempre. Soffermarci sugli altri giovani protagonisti di quell'evento ci aiuta però a capire come il tennis agonistico può essere alla base di un percorso di crescita e di espressione delle proprie qualità che magari trova poi la sua piena realizzazione al di fuori dal campo.

"Hebbi", il maestro che costruisce le basi

Ora però è il tempo di tornare ai protagonisti della nostra storia, il momento di conoscere l'artefice della prima avventura agonistica di Jannik: il maestro Heribert Mayr. È lui il nuovo punto di riferimento tennistico: lo segue dall'estate precedente e alla prima opportunità, appena diventa under 10, vuole che cominci a confrontarsi con un torneo vero. Nelle stagioni successive lo avrebbe aiutato a costruirsi delle solide basi.

Nel momento di passaggio di consegne tra l'insegnante degli anni della materna e quello che lo seguirà tennisticamente nel periodo delle elementari e delle medie va riconosciuto al primo, Andreas Schönegger, un ruolo e una qualità fondamentale. In lui prevalgono sempre e immediatamente l'interesse e il bene dell'allievo rispetto a qualunque altra considerazione o gelosia professionale. Capisce che il piccolo Jannik ha qualità importanti sugli sci? L'indirizzo ai maestri dello Sci Club di

Sesto è immediato come immediati sono i frutti raccolti, merito evidentemente anche dell'ottimo lavoro di avviamento svolto da Schönegger. Nel tennis il meccanismo è analogo: Sinner dimostra un'attitudine molto buona, dunque bisogna dargli la possibilità di essere seguito da tecnici di livello in un ambiente dove possa trovare altri ragazzi come lui con cui allenarsi. Come primissimo insegnante ha fatto bene la sua parte e si fa da parte: rimane però ancora oggi uno dei migliori amici di Jannik e di tutta la famiglia Sinner.

Il Tennis San Giorgio di Brunico è il riferimento più qualificato nei paraggi: vi opera la società Tennis Center Südtirol, con i maestri Andrea Spizzica ed Heribert Mayr. Tra gli scopi dichiarati della società ci sono la promozione e propaganda del tennis, ma anche lo sviluppo del settore agonistico di alto livello, facendo riferimento alle strutture di Brunico, Terento, Chienes e Dobbiaco. Heribert, nativo di Brunico, classe 1955, ci racconta:

> Un giorno mi chiamò nella club house il mio collega Andrea Spizzica e mi disse: «Guarda, viene un ragazzo da provare. Ha sette o otto anni. Parla solo tedesco. Ci sarebbe da andar fuori a dargli un'occhiata». Lui non parlava bene tedesco, io ovviamente sì. E così sono andato, l'ho visto, ho giocato un po' con lui. Ho fatto qualche correzione. Gli ho detto che doveva modificare l'impugnatura e gli ho fatto vedere come. Lui ha messo immediatamente in pratica le mie indicazioni. Si è messo subito a giocare con l'impugnatura giusta, senza fare tanti errori. Da lì è cominciato tutto.

Mayr non è un maestro di tennis qualsiasi, anche se non ha un passato agonistico importante, come spiega:

Non sono stato un gran giocatore. Ho cominciato a giocare a tennis quando avevo dieci anni qui a Brunico con il maestro Italo Guerra, prima in un corso collettivo, poi con qualche lezione privata. Vivendo in montagna l'attività si limitava a due, al massimo tre mesi all'anno. D'inverno si andava a sciare, si giocava a hockey, si praticavano altri sport. A un certo punto ho fatto qualche torneo provinciale ma non ho vinto un granché. Poi nel 1976-1977 ho pensato che, visto che non mi piaceva studiare, avrei potuto fare il maestro di tennis. Ho chiamato Italo Guerra che insegnava a Vicenza e gli ho detto: «Tu mi conosci, sai come gioco: secondo te potrei fare il maestro di tennis? Vorrei andare a fare la Scuola Nazionale se tu pensi che sia nelle mie possibilità». Lui, che era uno dei maestri più quotati del Veneto, mi ha risposto: «Vieni qui da me che ti alleno, giochiamo un po' insieme». Sono andato da lui in novembre, sono stato a Vicenza quasi un mese a giocare con lui. Poi sono andato a fare il provino a Roma, alle Tre Fontane, e mi hanno ammesso. Quindi ho frequentato la Scuola Nazionale Maestri della FIT nel 1978, quando il direttore era Antonio Rasicci.

Un percorso classico allora per la formazione degli insegnanti di tennis che lo avrebbe portato a conseguire una qualifica di prestigio in un periodo di grande boom del tennis in Italia. Si era ancora nell'epoca delle racchette di legno, ma i campi da tennis e i circoli nuovi spuntavano come funghi. L'Italia di Adriano Panatta, Corrado Barazzutti, Paolo Bertolucci e Tonino Zugarelli, capitanata da Nicola Pietrangeli, aveva conquistato, nel dicembre del 1976, la prima Coppa Davis della storia. Panatta si era imposto, sempre nel 1976, sia agli Internazionali d'Italia sia in un torneo del Grande Slam, quello parigino al

Roland Garros. Personaggi straordinari come Borg e McEnroe richiamavano grandi platee in tutto il mondo.

Il tennis da sport d'élite era diventato sport di massa e fare il maestro poteva significare lautissimi guadagni. Ci fu chi si comprò la Ferrari a furia di ben pagate lezioni a facoltose signore e generosi commendatori. E chi interpretò il lavoro del maestro come un modo di guadagnarsi uno stipendio senza tradire la vocazione sportiva del suo ruolo. Heribert Mayr fa parte di questa seconda tipologia di insegnanti e già prima di incontrare Sinner è noto nell'ambiente per la qualità di certi suoi allievi, primo fra tutti Florian Allgauer, classe 1979, di Brunico. Un ragazzo capace di arrivare al n° 14 del mondo nel ranking ITF juniores, vincendo nel 1979 anche il Trofeo Bonfiglio, cioè gli Internazionali d'Italia Juniores, unica prova del circuito mondiale under 18 parificata alle quattro prove del Grande Slam. Non sarebbe riuscito a ripetersi a livello assoluto, il biondo Florian (noto anche per aver avuto una liaison con la vincitrice degli US Open 2015 Flavia Pennetta), ma avrebbe raggiunto comunque il n° 261 della classifica ATP. Sempre con Heribert sono cresciute le sorelle Evelyn (n° 247 WTA il 20 settembre 2010) e Julia Mayr (n° 215 Wta il 20 settembre 2010), ragazze che alla fine del primo decennio degli anni duemila erano tra le italiane più promettenti.

Il tutto per dire che quando il maestro "Hebbi" vide Jannik quella prima volta aveva l'occhio molto ben esercitato a cogliere gli indizi della qualità, e lo ricorda così:

> Si vedeva che aveva qualcosa più degli altri. Era piccolino, gracile, aveva delle gambine così. E questa sarebbe rimasta per

parecchio tempo la sua caratteristica: a dodici anni era più o meno a trentacinque chili. Per quello ha lasciato lo sci. Quando venne da me già giochicchiava da qualche stagione con suo papà e con Andreas Schönegger, che era maestro di sci e insegnava anche tennis. Si vedeva subito che Jannik aveva un timing pazzesco. Anche i tempi di reazione mi colpirono: era molto più rapido anche di quelli più grandi di lui.

Quel giorno dell'estate 2008 Heribert Mayr gioca tre quarti d'ora con Jannik e capisce che il bambino ha qualità notevoli:

Dopo quella prima volta ci siamo fissati un nuovo appuntamento: il nonno lo portava a fare lezioni private al mattino presto, sempre con me al Tennis San Giorgio. Giocavamo alle 7.30. Facevamo lezione individuale perché tra i suoi coetanei non c'era nessuno al suo livello. Bisognava arrivare a ragazzini di dieci-undici anni per trovare qualcuno che gli stesse dietro. Veniva un paio di volte alla settimana a fare lezione per un'oretta. Poi sicuramente giocava con gli amici a Sesto e a San Candido. E con il papà.

D'estate, senza gli impegni scolastici e sciistici, Jannik aveva più libertà. Anzi, aveva tanto tempo da riempire. Con l'arrivo della stagione fredda cambiava tutto.

Dopo quel primo periodo, i mesi estivi in cui si giocava all'aperto, ho pensato di provare ad andare Sesto, dove c'è una tennishalle. Ho organizzato dei corsi e sono riuscito a mettere insieme qualche turno tra Sesto e San Candido. Ho inserito Jannik in un gruppetto dove erano tutti molto più grandi di lui. Giocava una, al massimo due volte alla settimana. Prima andava a sciare, aveva gli allenamenti. Poi si toglieva gli scarponi, si metteva le scarpe da tennis e veniva a giocare. È andata avanti così fino a quando ha avuto dodici-tredici anni.

Non bisogna infatti dimenticare che, mentre cominciava ad affrontare un'attività tennistica più finalizzata e strutturata, Jannik, come abbiamo raccontato, si imponeva come il più brillante piccolo sciatore d'Italia. Quell'eccellenza avrebbe fatto concentrare qualunque altro bambino e qualunque altra famiglia solo sulla scuola e su quella singola disciplina sportiva. Non è il caso di Sinner: lui non solo sciava fino a quando non si fermava lo ski-lift e seguiva le lezioni di tennis del maestro Mayr, ma era anche elemento trainante della squadra dei Pulcini dell'AFC Sexten. Riusciva a mettere insieme tre attività agonistiche, sia pure a livello giovanile. Racconta ancora Heribert Mayr:

> Da quello che mi ricordo si allenava quasi tutti i giorni. Usciva da scuola, si metteva gli scarponi e andava sulle piste con lo Sci Club di Sesto. Lo sci in quel periodo era la priorità. A tennis giocava perché si divertiva e lo stesso si può dire per il calcio. Erano i suoi giochi preferiti. Era bravo in entrambi. Per darle un'idea, le racconto questo aneddoto: aveva tennis sempre di mercoledì, dalle 17.00 alle 18.00. In quella fascia oraria era previsto anche l'allenamento della squadra di calcio. L'allenatore però non poteva fare a meno di Jannik, perché era il migliore di tutti: così al mercoledì finiva sempre per spostare gli allenamenti di tutta la squadra. Non era mai successa una cosa del genere. Con il pallone se la cavava davvero molto bene: avrebbe potuto diventare un ottimo calciatore, come un grande sciatore. Ma sarebbe stato forte anche nell'atletica leggera, secondo me.

La prima convocazione ufficiale

Dunque, nel momento in cui fa per la prima volta la tessera agonistica della FIT per poter partecipare ai tornei (fine 2009) è chiaro a tutti i suoi istruttori sportivi (di tennis, sci e calcio) che si tratta di un bambino con delle doti molto al di sopra della media. E la struttura capillare del Settore tecnico FIT, che arriva con il suo scouting ai Comitati provinciali, entra immediatamente in gioco, con la prima chiamata ufficiale: il 15 marzo 2010 Jannik viene convocato per la PIA Cup, manifestazione a squadre per under 8 e under 9 riservata alle scuole tennis all'interno del progetto Piani Integrati d'Area, in rappresentanza del consorzio delle scuole dell'Alto Adige.

Sinner è uno dei due under 9, l'altro è Andreas Oberhollenzer; la riserva è Matteo Rizzi. Tra le ragazze ci sono le pari età Marion Viertler e Larissa Tschenett, con Elena Fiori riserva. Gli under 8 sono Jacopo Temporin e Jonas Greif, Vickie Trocker e Greta Fraenzl. La squadra è guidata dal capitano Andreas Gerstgrasser e la dirigente responsabile è Tatjana Finger.

Da quella stagione Jannik entra così tra i ragazzini osservati nella Macroarea Nord-Ovest, il cui punto di riferimento è Alberto Tirelli, per gli amici "John", in virtù di quel modo un po' particolare di giocare il diritto che ricorda il gesto di John McEnroe. Veronese di Isola della Scala, classe 1976, Tirelli da giocatore è arrivato fino alla Seconda categoria, classifica di B3 negli anni 1999-2000. Ha fatto anche un po' di attività internazionale conquistandosi anche un punto ATP dopo aver battuto il croato Mario Radić nel Futures Italy F1 al Tennis Club Scaligero di Verona, nel maggio del 2000, e successivamente un best ranking di n° 1297. Ma la passione per l'insegnamento è arrivata presto.

«Mi hanno proposto di lavorare all'AT Verona, così nel 2001 ho fatto il corso maestri FIT con l'indimenticabile Roberto Lombardi (cui oggi è intitolato l'Istituto Nazionale di Formazione, N.d.R.)» ci racconta Tirelli. «Poi nel 2007 sono diventato Tecnico nazionale».

Nel 2006 la FIT gli affida il ruolo di Referente tecnico dell'area del Nord-Est. Oggi segue per il Settore tecnico Trentino Alto Adige e Friuli Venezia Giulia ed è diventato referente del Settore nazionale femminile under 12. Spiega Tirelli:

> Il mio ruolo consisteva e consiste ancora oggi nell'affiancare in campo i maestri che hanno elementi di interesse regionale e nazionale, e condividere con loro una programmazione in merito a questi ragazzi, vedere che cosa fanno bene e che cosa dovrebbero migliorare. Individuare quali sono le esercitazioni che potrebbero portare a un miglioramento e inserirle in una programmazione sia invernale che estiva. In pratica porto l'esperienza del Settore tecnico centrale e dell'Istituto in periferia.

"John" Tirelli ci racconta anche come avviene la segnalazione di un elemento interessante, maschio o femmina che sia:

> Si parte a livello provinciale sulla base di un sistema che è stato creato con la gestione di Michelangelo Dell'Edera, il Sistema Italia. Sono state istituite le figure dei fiduciari a livello provinciale, maestri o tecnici nazionali, che sono i nostri punti di riferimento a livello periferico, i quali convocano i

ragazzi per otto/dieci raduni durante l'anno. A livello provinciale si parla di under 8, under 9 e under 10. Questi raduni rappresentano il primo monitoraggio, ci servono per capire il livello dei piccoli agonisti all'interno della provincia. Oltre a questi raduni provinciali ogni due mesi i fiduciari, insieme al tecnico di riferimento di Macroarea, organizzano dei raduni regionali dove vengono convocati i migliori ragazzi tra quelli selezionati in provincia, quelli con attitudini più spiccate.

La segnalazione di Sinner e il suo coinvolgimento nell'attività federale ha seguito questo percorso.

Sinner è arrivato al tennis nell'epoca della Pia Cup, quando i circoli si consorziavano e c'erano dei raduni provinciali. Ogni circolo sceglieva un gruppo di ragazzi, tre o quattro, sui quali investire un po' di tempo e un po' di risorse, facendoli allenare due o tre volte alla settimana in quattro per campo con l'ausilio anche di un preparatore fisico. Jannik faceva parte allora del consorzio di Brunico ed era stato segnalato dagli insegnanti come un ragazzo di interesse. Il fiduciario dell'epoca, Renato Ercolani, ha raccolto i nominativi che gli sono stati forniti dai maestri dei circoli e ha organizzato un primo raduno a livello provinciale. La segnalazione arrivò proprio da Heribert Mayr, un maestro che ha sempre collaborato sia con il Settore tecnico che con il Comitato FIT ed è sempre stato molto onesto e ha sempre cercato un rapporto costruttivo con il Settore tecnico. Evidentemente lui vedeva questa collaborazione come un'opportunità. Noi lo conoscevamo come un maestro di notevole esperienza: tra i suoi allievi c'erano stati sia Evi che Giulia Mayr, ma anche Karin Knapp. Heribert è uno che conosce il suo mestiere e lo fa bene ma non si è mai vantato.

A questo punto il percorso tennistico di Sinner entra nel solco di quel Sistema Italia, comune a tutti i ragazzi segnalati per le loro qualità, che punta a valorizzarle, a dar loro la possibilità di esprimerle in pieno. Prosegue Tirelli:

> Successivamente abbiamo deciso, io con i fiduciari, di organizzare un raduno regionale convocando però solo chi secondo noi era veramente di interesse nazionale, cioè aveva delle attitudini importanti. Tra questi c'era anche Jannik Sinner. Di quel primo raduno cui ha partecipato, era il 20 febbraio del 2011 al CT Merano, conservo ancora la scheda manoscritta che avevamo chiesto a tutti i ragazzini di compilare. La scheda in cui lui ci dice che il suo maestro è "Hebbi", scrisse proprio così, e che giocava con lui 3 volte alla settimana per un'ora o da solo o in un gruppetto di tre allievi. Doveva ancora compiere dieci anni.

Non era però quella la prima volta che il responsabile FIT della Macroarea Nord-Est vedeva Sinner, come racconta ancora Tirelli:

> Dopo che arrivò la segnalazione di Heribert Mayr ero andato apposta al Tennis Club Brunico per vederlo. Era un ragazzino molto gracile, molto magro. Secondo me non arrivava a trenta chili. Ho notato subito che aveva una padronanza non indifferente sul rovescio, dalla parte sinistra del corpo. Il diritto e il servizio non erano fluidi come il rovescio: a volte faceva un movimento, a volte un altro. Aveva un ottimo tempo sulla palla e si vedeva che era molto intelligente. Negli anni successivi, quando aveva dodici-tredici anni e l'ho visto impegnato in qualche match, mi sono accorto subito che non pensava solo al suo tennis ma anche a come giocava l'avversario. E cercava

1

2

3

1 • Jannik Sinner, primo da sinistra, nel gruppo di allievi di Elisabeth "Lee" Egarter dello sci club di Sesto Pusteria.
Per gentile concessione di Elisabeth Egarter

2 • Sinner a 11 anni impegnato nei Campionati italiani di slalom gigante a Falcade.
Per gentile concessione di Andrea Mammarella

3 • Falcade 2012, la premiazione del GranPremio Giovanissimi, valido per il titolo italiano di slalom gigante, classe 2001:
1° Goffredo Mammarella,
2° Jannik Sinner, 3° Simon Talacci.
Per gentile concessione di Andrea Mammarella

4

5

4 • Jannik Sinner con l’avversario della sua prima partita ufficiale (che risale alle vacanze di Natale 2009-2010), il coetaneo Alex Kostner, di Selva di Val Gardena.
Per gentile concessione di Alex Kostner

5 • Jannik calciatore con la maglia rossa n° 7 dell’AFC Sexten.
Per gentile concessione di Wolfram Egarter

6 • Jannik Sinner fotografato con Novak Djoković a Montecarlo nel 2015 dal suo maestro di allora, Heribert Mayr.
Per gentile concessione di Heribert Mayr

7

8

7 • Il maestro Heribert Mayr con Jannik ragazzino.
Per gentile concessione di Heribert Mayr

8 • Sinner fotografato dal suo maestro sulle tribune del campo centrale degli Internazionali BNL d'Italia 2013.
Per gentile concessione di Heribert Mayr

9 • Il diritto di Sinner a 12 anni. Qui Jannik è impegnato al TC Milano nella Coppa Lambertenghi 2013.

10

10 • All'epoca della Coppa Lambertenghi 2013, valevole come Campionati italiani under 12, Jannik gioca a tennis solo due volte alla settimana. Arriva comunque in semifinale.

11 • Il rovescio bimane di Sinner nel 2013, parente stretto di quello attuale.

12

13

12 • Sinner premiato nel 2013 al Centro Estivo FIT di Serramazzoni, da lui frequentato già nel 2012, quando vi disputa i Campionati Italiani under 11. Nella stessa stagione frequenta anche il Centro Estivo FIT di Castel di Sangro, dove disputa la Coppa delle Province.

13 • È del 2015 la prima convocazione di Sinner in maglia azzurra per la Winter Cup under 14. Nella foto, da sinistra, il tecnico Luca Sbrascini, Jannik, Michele Vianello e Marco Furlanetto.

14

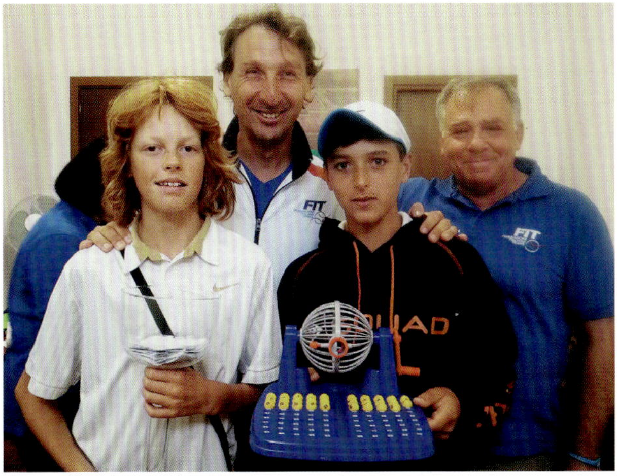

14 • Sinner con Pietro Marino e, tra loro, il tecnico FIT Nicola Fantone nel 2014, al sorteggio dei Campionati italiani under 13 di Avezzano.

15

15 • Jannik e Giulio Zeppieri, campioni italiani di doppio under 16 nel 2017 alla Canottieri Mincio di Mantova, premiati dal compianto maestro e dirigente Giovanni Uggetti.

17

18

16 • Sinner al Trofeo Bonfiglio – Campionati Internazionali d'Italia juniores del 2018. Raggiunge i quarti di finale ed è l'ultimo torneo giovanile della sua carriera.

17 • Il torneo del botto: Jannik accede all'ATP Challenger di Bergamo 2019 grazie a una wild card della FIT. È n° 546 del mondo e vince il titolo.
Per gentile concessione di Antonio Milesi

18 • La premiazione dell'ATP Challenger di Bergamo 2019: Sinner con il finalista Roberto Marcora, n° 250 del mondo.
Per gentile concessione di Antonio Milesi

19

19 • Jannik Sinner e Lorenzo Musetti
alla fine della loro sfida
nelle pre-qualificazioni
degli Internazionali BNL d'Italia 2019.
Vince l'altoatesino in tre set tirati
e si aggiudica una wild card
per il tabellone principale del torneo.
Per gentile concessione di Adelchi Fioriti

SUPER TENNIS

21

22

20 • Sinner intervistato
da SuperTennis
agli Internazionali BNL d'Italia
nel 2019.
Per gentile concessione di Adelchi Fioriti

21 • Un rovescio in salto di Jannik
al Foro Italico nel 2019. Al primo turno
del tabellone principale Sinner
supera lo statunitense Steve Johnson,
n° 59 ATP.
Per gentile concessione di Adelchi Fioriti

22 • Jannik con l'allora suo coach
Riccardo Piatti in allenamento
all'Allianz Cloud di Milano
per le Next Gen ATP Finals 2019.
Per gentile concessione di Adelchi Fioriti

23

24

23 • Milano ama Sinner e Sinner ama Milano: Jannik si impone nelle Next Gen ATP Finals 2019, torneo che vede in campo i migliori 8 under 21 del mondo, a soli 18 anni.
Per gentile concessione di Adelchi Fioriti

24 • Jannik ha l'X-Factor: il trofeo di cristallo delle Next Gen ATP Finals 2019 lo consacra come emergente n° 1 del circuito professionistico per gli anni a venire.

le soluzioni per metterlo in difficoltà. Quella prima volta, nella struttura del campo coperto di Brunico, mi ha colpito anche la sua facilità di apprendimento. D'accordo con il maestro abbiamo deciso di inserire nel programma di allenamento anche il servizio *kick* (con effetto superiore, che genera un rimbalzo della palla molto alto, N.d.R.). Pensavamo avesse già le competenze sufficienti per fargli conoscere anche questo tipo di giocata al servizio, visto che a dieci anni conosceva già il servizio piatto e lo *slice*. Il maestro gli ha fatto vedere un paio di volte il servizio *kick* e lui è riuscito subito a eseguirlo correttamente: aveva una capacità di apprendimento fuori dalla media. All'epoca Jannik giocava un po' poco, una o due volte alla settimana, perché sciava. Con Heribert ci siamo detti di non creargli troppe pressioni, di lasciargli stare il rovescio, anche se a livello biomeccanico la cosa poteva essere discutibile. Da quella parte Jannik riusciva sempre a mettere la palla dove voleva, con ottime accelerazioni e buona precisione. In quella prima fase abbiamo deciso di concentrarci sul servizio e sul diritto.

La segnalazione che arriva dal Tennis San Giorgio fa di certo scoprire al tecnico di Macroarea della FIT un elemento molto interessante, ma in quelle prime partite in PIA Cup Jannik non si distingue in modo particolare e nessuno grida già al fenomeno. Si vedeva che giocava piuttosto bene, ma non era ancora niente di trascendentale. Un bambino molto bravo con la racchetta come ce ne erano altri.

A mantenere i piedi ben piantati per terra c'era anche l'educazione della famiglia, l'atteggiamento dei genitori:

Li ho conosciuti successivamente, ai primi raduni under 12 e quando Jannik ha cominciato a frequentare nei fine settimana

il CPA (Centro Periferico di Allenamento) che veniva organizzato una volta al mese a Bressanone. Si svolgeva tra sabato pomeriggio e domenica. Sinner era impegnato anche nelle gare di sci, che allora erano la sua priorità, così qualche volta veniva il sabato pomeriggio, qualche volta la domenica. I ragazzi convocati facevano due ore di tennis e un'ora e mezza di preparazione fisica, sia al sabato che alla domenica. Il lavoro svolto era di tipo tattico e fisico, perché quello tecnico era prerogativa dei maestri nei circoli. I ragazzi facevano anche partite tra di loro, spesso legate a esercitazioni tecnico-tattiche con delle partenze obbligate o delle giocate obbligate. Per esempio, si poteva stabilire che chi batteva lo facesse da tre quarti di campo per incentivare e agevolare i ragazzi a spingere forte con il servizio. Oppure si poteva chiedere a chi rispondeva, sulla seconda di servizio avversaria, di stare con i piedi dentro al campo, e altre cose di questo genere. Ho conosciuto i genitori di Jannik quando sono venuti a prenderlo. Veniva più spesso il papà. Mi ricordo che mi ha chiedeva sempre come si era comportato Jannik, se ascoltava gli insegnanti, se si era impegnato. Non mi ha mai chiesto se l'avevo visto migliorato o altre cose tecniche. Gli interessava solo il comportamento.

Il primo torneo vinto, al Tennis San Giorgio di Brunico

I primissimi anni di attività tennistica FIT di Sinner si riducono all'essenziale in termini agonistici. Dopo gli esordi del 2010, nel giugno del 2011 arriva dal fiduciario provinciale FIT per l'Alto Adige, Renato Ercolani, la convocazione per la Coppa delle Province, gara giovanile a squadre. Jannik, che come tutti gli under 10 è ancora NC (Non Classificato) per quanto concerne il ranking, gioca due partite, vincendole entrambe. Poi, nei tornei estivi, arriva la prima vittoria.

Ad andare in archivio come il primo torneo ufficiale conquistato in carriera dal vincitore degli Australian Open 2024 è una tappa regionale del Nike Junior Tour 2011 disputata proprio nel suo circolo, il Tennis San Giorgio di Brunico. Si gioca nella settimana dal 4 al 10 di luglio 2011: sui campi dove spesso si allena con il suo maestro, Sinner batte nei quarti Luca Castagnola 6-2 6-1, in semifinale Biagio Gramaticopolo 6-3 6-1 e nel match decisivo Jakob Gerstgrasser 6-1 6-1. Alza così la prima delle tante coppe della sua carriera, quella di un torneo provinciale che rimarrà, grazie a lui, negli annali.

Probabilmente ancora più emozionante sarà stato il bis della settimana successiva, ancora targato Nike Junior Tour, questa volta però con un tabellone più grande e in un ambiente meno casalingo, il TC Rungg di Cornaiano (Appiano). Sinner rivince, ma deve aggiudicarsi ben 5 partite in 7 giorni, l'ultima delle quali contro Mattia Bernardi (6-3 6-0) dell'ATA Battisti di Trento. Bernardi, classe 2002, è un altro dei piccoli tennisti "osservati" in quegli anni dalla FIT. Anche lui è promettente: si prenderà la rivincita su Sinner un mese dopo, superandolo 6-3 3-6 7-6(4) nella semifinale del torneo nazionale under 10 organizzato dal TC Bolzano.

Per Jannik è l'ultimo torneo di quell'anno. Per Bernardi un'affermazione che alimenterà già l'anno successivo ambizioni a livello internazionale. Mentre Sinner fino alla fine delle scuole medie giocherà prevalentemente in ambito regionale e nazionale, Bernardi si confronterà a livello continentale nelle varie categorie d'età, dall'under 12 in poi, arrivando nel 2020 a raggiungere il n° 335 nel ranking ITF under 18 e la classifica italiana di 2.3, un ottimo Seconda categoria. Un livello che gli consentirà di ottenere una borsa di studio negli USA, prima a Nashville poi al Charleston College in South Carolina, dove si sta laureando in marketing e finanza, con l'intenzione però, finiti gli studi, di tentare l'avventura professionistica partendo dai tornei ITF. Dunque un altro ragazzo con qualità ben sopra la media. Ricorda Tirelli:

> Non si deve pensare che in quei primi anni Sinner abbia fatto cose eclatanti o si sia esibito su campi con duecento persone che lo guardavano come un fenomeno. Era un ragazzino normale, con una gran volontà e molto umile. Non faceva scenate e sicuramente aveva spiccate attitudini. La cosa che certamente colpiva gli addetti ai lavori è che riusciva a competere con coetanei che si allenavano il doppio delle sue ore: lui due volte alla settimana, gli altri magari quattro o cinque volte.

D'altra parte l'impegno con lo sci era diventato sempre più pressante: Sinner continuava a essere uno dei primissimi d'Italia della sua età nello slalom gigante.

L'addio allo sci

Nel 2012, il suo primo anno da under 12, i primi impegni agonistici di Jannik sono in aprile, nel campionato a squadre under 12, sempre con i colori del Tennis San Giorgio di Brunico. La stagione sciistica si era conclusa a fine marzo e, come anticipato nel capitolo precedente, Sinner ancora una volta aveva brillato a livello nazionale, arrivando secondo ai Campionati Italiani di slalom gigante per i nati nel 2001, organizzati a Falcade.

La sua stagione tennistica è però molto più intensa rispetto alle precedenti, e ormai non solo limitata ai mesi estivi. Dai 4 tornei (13 partite in tutto) del 2011 si passa a 15 tornei (ben 47 partite). È questo l'elemento di crescita più importante di un'annata in cui vince nei primi giorni di giugno i Campionati provinciali under 12 al TC Merano. Nella stessa categoria si impone in settembre nel Masters del Circuito giovanile Raiffeisen Bank the Future, su un altro ragazzino che sarà molte altre volte suo rivale nelle stagioni successive: Sebastian Brzezinski del TC Rungg, che 2021 avrebbe raggiunto l'ottimo ranking nazionale di 2.4, dopo essersi cimentato a più riprese anche nelle qualificazioni dei tornei internazionali Futures ITF a caccia del primo punto ATP.

Il 2013 è un anno fondamentale per l'esperienza e le scelte future di Jannik: è diventato davvero bravino, ha maturato un livello che gli permette di confrontarsi con avversari più impegnativi, a partire dal Campionato a squadre con il Tennis San Giorgio che non è più la serie D4 ma diventa una D2.

Il lavoro sui campi coperti e non (a seconda della stagione) dove Heribert Mayr gli organizza gli allenamenti, spazia da Brunico a Dobbiaco (d'inverno), da Monguelfo a Villabassa (d'estate) a seconda di dove riesce a coinvolgere giocatori adatti a sostenere ritmi utili a Sinner. Non si va comunque oltre le due volte alla settimana.

"Hebbi", che già l'anno precedente aveva detto a Jannik che se continuava a progredire, a crescere bene, avrebbe dovuto a un certo punto fare una scelta tra sci e tennis, propone di aumentare almeno la quantità, passando da un'ora a un'ora e mezza per sessione. Così ricorda quel momento:

> Quando l'ho detto ai genitori, mi hanno risposto: «Tu sei il maestro, fai tu. Noi non entriamo nel merito di queste cose. Tu sai, tu fai». L'hanno accompagnato da me e sono tornati a prenderlo dopo un'ora e mezza. Non come tanti genitori di oggi che sono lì attaccati alla rete di recinzione e suggeriscono ai maestri quello che secondo loro dovrebbero fare...

Stava però per scoppiare la "bomba". Racconta ancora Mayr:

> Mi pare fosse un giorno di fine febbraio. Ero seduto al bar della Tennishalle su a Sesto, aspettavo Jannik. Vedo arrivare i genitori con il "bocia" che mi fa: «Ehi Hebbi, ho preso una decisione». Io lo guardo senza capire. «Pianto lo sci e continuo con il tennis». Sono rimasto a bocca aperta. Non me lo aspettavo perché nello sci era campione italiano, era bravissimo, mentre nel tennis sì, vinceva qualche torneo in zona ma a livello nazionale non aveva fatto ancora niente.

La stagione 2012-2013 per Sinner sciatore aveva significato un passaggio nelle categorie d'età che era stato traumatico. Sulle sue qualità tecniche non si discuteva. A pesare era il fatto che lui, che aveva appena compiuto undici anni, si trovasse a gareggiare con ragazzini di almeno un anno più grandi (e conseguentemente più massicci, più pesanti): una qualità che li avvantaggiava notevolmente. I risultati di conseguenza non erano più gli stessi, come le prospettive per le stagioni successive, nonostante l'impegno non venisse mai meno. Jannik non si divertiva più come una volta. In più lo sci non aveva mai avuto quella caratteristica che a lui piace tanto: non era un gioco. La gara si riduce a una manciata di secondi, un solo piccolo errore compromette tutto subito.

A bocca ancora più aperta rimane la maestra di sci, "Lee" Egarter quando la mamma di Jannik la chiama per darle la notizia. Lo racconta come se rivivesse di nuovo quel momento a oltre dieci anni di distanza:

> Io le ho detto: «Ma siete sicuri? Siete pazzi. Perché lasciare lo sci? Jannik è veramente bravo. Ma dove pensa di arrivare con il tennis uno delle nostre parti?» Ho detto: «Se voi scegliete il tennis vi posso solo augurare buona fortuna». Ogni tanto in seguito, se li incontravo in giro, dicevo: «Siete sicuri? Non volete riprovare?» Però i risultati non erano più stati un granché quando sciava, mentre nel tennis era forte, arrivava sempre in fondo ai tornei. Aveva raggiunto le semifinali ai Campionati italiani anche se ancora si allenava poco rispetto agli altri. Alla mamma tutti avevano detto che lui giocava davvero molto bene. Ricordo che anche Seppi e l'allenatore di Seppi, Sartori, avevano detto che lui aveva un modo eccezionale di colpire la palla. L'anno successivo mi disse che Jannik aveva la possibilità di andare a Bordighera, all'accademia di Riccardo Piatti, un allenatore famoso e molto stimato.

Avrebbe potuto diventare un grande campione anche nello sci? La risposta di "Lee" Egarter è onesta e prudente:

> È difficile dirlo. Nello sci dipende da tanti fattori, anche dal semplice fatto di farsi male o no, da come ti sviluppi. Jannik era diventato già abbastanza alto: in slalom e in gigante questo poteva rendere tutto più difficile. Poi non era uno con tanta massa muscolare. Però non si può mai dire: c'è uno svizzero, Ramon Zenhäusern, che è alto più di due metri ed è stato uno dei migliori slalomisti negli ultimi anni. Comun-

que Sinner aveva grinta e sicuramente sarebbe andato avanti anche nello sci. Però oggi si può che dire che ha fatto la scelta giusta. Lo sci probabilmente lo ha aiutato in termini di equilibrio, coordinazione, capacità di gestire la testa nei momenti importanti.

Il viaggio a Roma e l'exploit in Coppa Lambertenghi

È un momento di svolta: il tennis diventa la priorità e in quel 2013 Sinner entra in una nuova dimensione, pur continuando ad allenarsi due volta alla settimana. In maggio il suo maestro "Hebbi" lo porta a Roma, a vivere l'emozione del Foro Italico. In occasione degli Internazionali BNL d'Italia viene organizzata dalla FIT la prima edizione del Simposio internazionale. L'Istituto Superiore di Formazione Roberto Lombardi, sotto la guida di Michelangelo Dell'Edera, decide di ampliare sempre più gli orizzonti suoi e degli insegnanti di tennis italiani che vi fanno riferimento. Passa il concetto della formazione continua, che prevede aggiornamenti periodici. Uno dei momenti più alti sarà il Simposio, con cadenza biennale, al quale parteciperanno in qualità di relatori i più quotati tecnici e allenatori del mondo, a partire da Nick Bollettieri, il leggendario allenatore di numeri uno come Andre Agassi e Monica Seles.

Il maestro Mayr non perde di certo l'occasione di esserci, anche perché il Settore tecnico under 12 e 14 organizza negli stessi giorni a Roma un raduno per i migliori under e offre così a Sinner la possibilità di allenamenti mirati. È la combinazione perfetta perché "Hebbi" e Jannik varchino insieme i cancelli del Foro Italico. La foto che il maestro scatta al piccolo allievo sulle tribune del campo centrale non è solo uno splendido ricordo, in qualche modo è una premonizione di quello che sarebbe stato il suo primo grande palcoscenico.

Il segno più chiaro di questa predestinazione arriva però ai primi di settembre. Siamo al Tennis Club Milano Alberto Bonacossa e si gioca la storica Coppa Lambertenghi, nata nel 1939 come importante torneo nazionale per under 18 e man mano trasformatasi riducendo i limiti di età fino a diventare teatro designato per i Campionati Italiani under 12. A suo tempo l'hanno vinta anche Corrado Barazzutti e Paolo Bertolucci.

Sinner c'è, con la classifica in quel momento della stagione di 4.1. Non è testa di serie, non è tra i favoriti. D'altro canto, che cosa ci si può aspettare a questo livello, che è quello dei migliori ragazzini italiani, da uno che gioca due volte alla settimana?

A dodici anni i primi della classe tennistica nazionale sono dei professionisti in miniatura: si allenano tutti i giorni, fanno già attività internazionale nel circuito Tennis Europe. Jannik sui campi in terra rossa di via Arimondi rischia di fare la figura di un... tennista per caso.

Invece, senza far rumore, muovendo leggero le sue gambettine da fenicottero arriva fino alle semifinali, tra i primi quattro d'Italia.

E nel percorso verso il podio batte nettamente avversari che si dedicavano al tennis molto più intensamente di lui. Guardando il tabellone si scopre che al secondo turno aveva superato 6-2 6-1 nientemeno che Lorenzo Musetti, allenato a La Spezia dal maestro Simone Tartarini, un anno più giovane di lui ma già meglio classificato (3.5, cioè quinto gruppo di Terza categoria). La loro rivalità, che viene fatta risalire a quando lottarono strenuamente nel turno decisivo delle prequalificazioni degli IBI 2019 per un posto nel tabellone principale, era dunque cominciata molti anni prima.

Poi, prima di arrendersi al piemontese Filippo Moroni, che avrebbe vinto quel titolo italiano battendo in finale il toscano Marco Furlanetto, Jannik supera la testa di serie n° 3 Alessio De Michelis (cresciuto alla Canottieri Casale con il maestro Giugiu Massola e approdato poi, come altri coetanei di Sinner, al tennis universitario USA da forte Seconda categoria FITP), e la n° 6 Michele Vianello (ravennate cresciuto al TC Zavaglia, arrivato nel 2018 al n° 170 del ranking mondiale under 18 e nel 2021 al best ranking FITP di 2.1).

Adesso la qualità di Sinner non si può più nascondere, anche perché uno sguardo al tabellone di quella Coppa Lambertenghi inquadra subito un campo di partecipanti formidabile. In quel 2013, i Campionati Italiani under 12 avevano messo in campo quella che si sarebbe rivelata la nuova grande generazione del tennis azzurro, il gruppo di giovani talenti che garantiranno all'Italia una posizione di vertice nel tennis mondiale fino al 2030 e oltre.

Scorrendo dall'alto il main draw (da 64 posti) troviamo infatti, tra gli altri, Giulio Zeppieri (allora 4.2, oggi* n° 145 del mondo), Mattia Bellucci (3.5, oggi n° 180), Flavio Cobolli (4.2, oggi n° 63), Samuel Vincent Ruggeri (4.1, oggi n° 273), Matteo Arnaldi (4.1, oggi n° 38). Oltre, come già detto, a Sinner e Musetti (oggi n° 24 del mondo).

---

* Classifica ATP all'8 aprile 2024.

Ben diversa era a quel tempo la situazione dell'Italia a livello assoluto: aveva tre giocatori tra i primi 100: Fabio Fognini n° 18 (ventisei anni), Andreas Seppi n° 23 (ventinove anni) e Paolo Lorenzi n° 80 (trentuno anni). Dietro di loro, al n° 101 trovavamo ancora l'attuale capitano di Coppa Davis Filippo Volandri, allora trentunenne, Matteo Viola (n° 138, ventisei anni), Flavio Cipolla (n° 158, ventinove anni), Simone Bolelli (n° 175, ventisette anni), Thomas Fabbiano (n° 176, ventiquattro anni) e Marco Cecchinato (n° 186, venti anni). Il livello del nostro tennis maschile era dignitoso grazie a Fognini e Seppi, ma senza grandi prospettive dal punto di vista dell'età dei migliori. Brillavano le ragazze: nel 2013 l'Italia rosa avrebbe vinto la sua quarta Fed Cup (oggi Billie Jean King Cup), dopo aver assaporato nel 2010 il trionfo nel primo Slam della storia grazie al successo di Francesca Schiavone al Roland Garros.

Quando Jannik scoprì... l'America

Per chiudere in bellezza, il finale di una stagione tanto significativa porta con sé anche la prima esperienza internazionale. Jannik aveva vinto al TC Rungg la tappa regionale di qualificazione del Nike Junior Tour a fine luglio e si era qualificato così per il Master nazionale.

In quel periodo il circuito giovanile, lanciato un decennio prima dal colosso sportivo di Portland allo scopo di fare scouting in giro per il mondo, aveva costruito una partnership con Club Med. L'appuntamento che qualificava per il Master mondiale di dicembre in Florida venne organizzato a fine settembre a Scoglitti, in provincia di Ragusa, nel grande villaggio del Club Med di Kamarina. E Jannik vinse a mani basse.

Della sua finale contro il biellese Gabriele Felline esiste la registrazione completa, ancora visibile su YouTube, con tanto di telecronaca. La qualità del video è modesta ma il documento è molto interessante perché consente di vedere il neo dodicenne di Sesto Pusteria in azione. Se ne possono apprezzare così sia il modo di giocare sia l'atteggiamento. Alla fine della partita si preoccupa diligentemente di passare lo straccio sul campo in terra rossa, uno spezzone di filmato spesso ripreso sui social e portato ad esempio di comportamento.

Il successo a Kamarina gli consente in dicembre di volare in America, accompagnato da Manuel Gasparri, maestro del TC Rungg, dove allenava uno degli avversari più ricorrenti per Sinner, il suo coetaneo Sebastian Brzezinski. Si gioca in un altro Club Med, quello di Sandpiper Bay, a Port St. Lucie in Florida. Jannik passa un turno, in un tabellone da 32 giocatori che comprende tra gli altri anche quella che oggi è la grande speranza britannica, Jack Draper, l'argentino Juan Manuel Cerúndolo, il kazako Timofey Skatov e il ceco Jonáš Forejtek. Perde subito dopo col polacco Wojciech Marek, poi semifinalista, in un torneo vinto dal bulgaro Adrian Andreev.

Non è però il risultato che conta, ma l'aver attraversato l'Oceano, essere arrivato a competere in una piccola élite mondiale di dodicenni pur essendo uno che gioca solo due volte alla settimana.

Il bilancio dell'annata è dunque molto positivo: Sinner la chiude con una classifica FIT di 3.4, cioè Quarto gruppo di Terza categoria.

Nel mondo degli under 14: il racconto di un avversario

Il 2014 porta con sé una nuova svolta, in pura chiave anagrafica: Sinner entra nel primo anno della categoria under 14, anche sul campo da tennis si trova ad affrontare avversari più strutturati fisicamente, oltre che abituati ormai da anni a carichi di allenamento tennistico più che doppi rispetto ai suoi. Il fatto non lo spaventa ma lo espone a confronti anche severi, come quello che gli capita nel primo torneo internazionale cui partecipa, la prova under 14 di Tennis Europe a Correggio in maggio. Al terzo turno trova Mattia Bellucci, coetaneo mancino, allenato dal papà maestro di tennis a Castellanza in provincia di Varese. Il risultato è un impietoso 6-2 6-2.

«Quella volta me la ricordo bene perché gli ho dato proprio una "stesa"» racconta Bellucci, che è n° 183 del mondo quando lo incontriamo (fine febbraio 2024), in partenza per una serie di ATP Challenger tra Europa e Asia a caccia di punti per avvicinarsi alla Top 100. La sua strada e quella di Jannik si erano già incontrate nell'estate del 2012, al Centro estivo di Serramazzoni per i Campionati italiani under 11. Anche quella volta si era imposto il lombardo che abbiamo poi ritrovato in semifinale, ma nella parte alta del tabellone, presidiata dal finalista Marco Furlanetto, in quella Coppa Lambertenghi del 2013 dove Jannik aveva ottenuto un piazzamento analogo. In qualche modo una storia parallela quella di Mattia, partito a velocità più spedita nei primissimi anni, rimasto per un periodo in una sorta di limbo agonistico e oggi impegnato a costruire con il suo coach Fabio Chiappini un percorso come quello di Sinner, recuperando il ritardo accumulato. Una storia che nelle parole di Bellucci offre confronti interessanti:

Se Sinner è raccontato come uno cui non piaceva perdere io sono sempre stato ossessionato dalla partita. Ero "cattivo vero". Proprio st***o. Furlanetto e Moroni in quel momento erano più solidi e a quell'età è un fattore davvero importante. Mi ricordo che Furlanetto da piccolo non sbagliava mai: se c'era da stare lì a remare, se la remava (in gergo, giocare a tenere la palla in campo aspettando l'errore dell'avversario). Io invece a determinati compromessi non scendevo. Lui era più alto di me, magrolino, si muoveva bene; io ero più cicciottello, con una buona mano. Sinner era un chiodo, per niente strutturato. Si è sempre mosso benissimo sulla linea di fondo, in orizzontale. Determinate caratteristiche le vedevi già allora: aveva un ottimo tempo sulla palla. Però non è che mi facesse paura, anche perché le velocità erano limitate. Quindi uno come lui che spingeva sempre dritto per dritto dava fastidio fino a un certo punto. Poi Jannik non è uno che ha sempre avuto una grandissima mano. Io da piccolino giocavo benissimo di diritto e male di rovescio. Avevo questa traiettoria di diritto un pochino alta, con la palla che però girava, era bella pesante. Poi ogni tanto piazzavo la "smorza". A quel tempo col mio gioco gli davo sicuramente fastidio.

Sinner e Bellucci si ritrovano di nuovo uno contro l'altro in Coppa Belardinelli, Alto Adige contro Lombardia. Si gioca ai primi di agosto al Centro estivo di Serramazzoni: questa volta vince Jannik che sta per compiere tredici anni. Avrebbero dovuto ritrovarsi di nuovo faccia a faccia nella finale dei Campionati Italiani under 13, in programma a fine agosto ad Avezzano.

La mattina del giorno in cui dovrebbe affrontare in semifinale Matteo Arnaldi, dopo colazione Sinner si sente male. Ha problemi di stomaco, vomita. Si pensa a un virus. Heribert Mayr lo accompagna al pronto soccorso ospedaliero dal quale dopo un controllo viene dimesso. È tutto a posto dicono i sanitari.

Mayr chiede a Sinner se se la sente di giocare: al circolo hanno deciso di aspettarlo. Lui risponde di sì e scende in campo: perde il primo set, vince il secondo ma all'inizio del terzo gli spasmi tornano e Jannik si deve ritirare. Il suo maestro sostiene che quella nausea, quello stomaco chiuso fossero di origine psicosomatica: in realtà Jannik, a suo parere, soffriva di nostalgia, non stava volentieri lontano da casa. Di fatto il giorno dopo il titolo italiano lo vince Mattia Bellucci, che quel frangente se lo ricorda benissimo:

> Ero pronto a giocare contro di lui. Ero sicuro che avrebbe vinto contro Arnaldi. Di fatto poi negli anni successivi ci siamo incrociati in torneo soltanto un'altra volta, nel 2017, in un torneo internazionale under 16 a Rijeka in Croazia. Jannik si ritirò per problemi alla schiena sul 4-0 per me. Però lui aveva già preso la sua strada. La strada maestra con il team di Riccardo Piatti, tra l'altro a costi zero perché Piatti l'aveva voluto perché aveva visto in lui qualcosa di speciale, andava diritta verso l'alto livello professionistico. Io che avevo iniziato ad allenarmi tutti i giorni molto presto, andando sui campi della scuola tennis di mio padre, non ero su un percorso così mirato. Ho cominciato a undici anni a pensare di fare sul serio con il tennis ma in realtà fino a diciotto-diciannove anni mi allenavo solo nel circolo dove insegnava mio papà. Facevo una sola sessione al giorno perché avevo scelto di frequentare una scuola normale, il liceo linguistico. Mentre gli altri che "facevano sul serio" avevano cercato altre soluzioni per far convivere gli studi superiori con i tornei internazionali e gli allenamenti. Io di tornei internazionali ne facevo uno ogni mese e mezzo.

Giocavo per stare in giro, per vedere a che livello erano gli altri, perché mi piaceva la competizione e perché mio padre mi ci mandava.
Così mi sono trovato a diciassette anni che ero 500 del mondo nel ranking juniores e quindi lontano anni luce da Sinner e dagli altri, sia perché facevo pochi tornei sia perché non avevo il livello. Così ho deciso di saltare il circuito under 18 e mi sono buttato direttamente sui Futures: ho preso i primi punti ATP al secondo torneo. Però mi ci sono voluti altri tre anni di "vagabondaggio" prima di individuare il team giusto per me, la MXP Tennis Academy che opera sui campi del Quanta Village di Milano con Fabio Chiappini come Direttore tecnico. Ora lavoro con lui da due anni e mezzo, finalmente full time e punto a giocare tutte le settimane con la programmazione internazionale che serve per salire, determinato al 100%. Per un certo periodo avevo smezzato l'attività internazionale con quella nazionale, giocando più tornei Open nazionali che Futures ITF. Una scelta determinata anche da fattori economici: mi mancavano i fondi. Con mio padre non avevo più un grande rapporto in termini professionali e quindi si litigava sempre sulle scelte.
Poi c'è stato il COVID: nel momento in cui avevo finito di studiare e avrei potuto dedicarmi 100% al tennis girando di più, la pandemia mi ha tagliato un po' le gambe. Ho fatto la maturità nel 2020 poi ci sono stati sette-otto mesi in cui non si è toccato racchetta.

Numero 964 del mondo a fine 2020, n° 680 a fine 2021, n° 153 a fine 2022, Mattia Bellucci sta dimostrando che le doti mostrate a dodici e tredici anni nei primi confronti con Jannik Sinner erano della consistenza che serve per arrivare in alto.

E osservando i trionfi assoluti del coetaneo altoatesino ha un punto di vista molto chiaro:

> La grandezza di Sinner viene dal lavoro. Non è un extraterrestre come disse il kazako Bublik dopo aver preso una lezione da Jannik a Miami nel 2021. Arrivare dove è arrivato lui si può, lo possono fare anche altri, lo potrei fare anch'io. Lui ha il grandissimo vantaggio che ha iniziato a farlo prestissimo. Ora è diventato una macchina da punti perché fa dell'essere metodico un mantra. Lui da quando aveva tredici-quattordici anni mette tutti i giorni i piedi in campo con un obbiettivo. L'obbiettivo sin dall'inizio non era vincere in quel momento, ma diventare numero uno. L'obbiettivo era sempre preparare la partita successiva, lavorare oggi per vedere certi risultati tra sei mesi. Si è costruito bene nel tempo sotto una marea di punti di vista, con una mentalità che aveva già da bambino.

Un atteggiamento innato o una mentalità che si afferma con l'educazione? A questa domanda Bellucci non ha una risposta univoca ma tante idee chiare sì:

> L'educazione è importante e conta anche il luogo da cui provieni, le tue origini, il fatto che la sua famiglia non fosse molto facoltosa. Però queste sono mie sensazioni. Di certo c'è che ogni giocatore ha doti innate: nel suo caso, per esempio, il tempo sulla palla. Però oggi lo vediamo muoversi benissimo perché ha fatto una quantità infinita di ripetizioni con una determinata qualità, nel senso della concentrazione e determinazione che ci ha messo in quell'allenamento. Lui sa che in quella zona di campo farà quelle cose lì sette volte su dieci. Per

le altre tre volte si preparerà con una ripetizione diversa. In allenamento, lo sappiamo tutti, si lavora su quelle sette cose perché sono quelle che ti portano punti. Lui in questo è una macchina. Così è arrivato a vincere lo Slam: per me oggi è il più forte di tutti e non sappiamo che margini abbia ancora. L'anno scorso lo guardavo giocare e pensavo: per me può servire meglio. Adesso lo fa, oltre a rispondere in un modo incredibile.

La testimonianza di Mattia Bellucci, con il suo borsone in spalla, pronto a partire a caccia di punti ATP per fare il prossimo gradino, entrare nella Top 100 e avvicinarsi a Jannik, è una conferma di quello che Sinner stesso va ripetendo da quando hanno incominciato a intervistarlo: non esistono extraterrestri o formule magiche. Esiste il lavoro, esistono vari metodi, ricette per arrivare a esprimere tutte le proprie potenzialità tennistiche. E Mattia lo ribadisce prima di salutarci:

> So benissimo che cosa si deve fare per essere competitivi. Ognuno magari segue una sua ricetta, però tutti quelli che crescono come giocatori hanno metodo, hanno obbiettivi tarati sulle loro caratteristiche, seguono percorsi equilibrati e mettono in campo tanta voglia: intenzione e metodo, stimolo e lavoro. Queste cose oggi in Italia si trovano.

In classifica, alle spalle di Jannik Sinner, c'è un'intera generazione. Lorenzo Musetti, Matteo Arnaldi, Stefano Cobolli, Luciano Darderi, Luca Nardi, Giulio Zeppieri, Matteo Gigante, Mattia Bellucci: tutti giocatori italiani under 23 già piazzati tra i primi 200 del mondo e che puntano ad arrivare in alto, come ha fatto lui.

Sulle possibilità a disposizione di chi si mette sullo stesso cammino di Sinner, Bellucci non ha dubbi:

> Io ci sto lavorando da poco, lui lo fa da molto più tempo. Io mi sto costruendo certe abitudini, in campo e fuori, da due anni e mezzo, lui ha cominciato sette-otto anni fa. Ci vuole tempo anche per farsi le domande giuste, per capire tante cose lungo il percorso. Io so che cosa devo fare: il mio problema in questo momento è che non ho ancora le capacità di attenzione per farle con una determinata costanza. Ci sto lavorando, dentro al campo e fuori dal campo. Se mi domandi se c'è una ricetta per diventare giocatori di alto livello ti dico che in questo momento a casa mia la ricetta c'è, come c'è stata e c'è a casa di Sinner.

Ma qual è il momento che Bellucci individua come l'inizio del percorso "professionale" di Jannik, il punto da cui partono l'intenzione e il metodo, gli stimoli e il lavoro che gli hanno permesso di diventare Sinner? Per scoprirlo si deve tornare in Alto Adige, tra le montagne più belle del mondo.

L'OCCHIO TECNICO

Per crescere è fondamentale confrontarsi con gli altri, sviluppando autonomia e consapevolezza

La seconda parte di vita sportiva di Jannik, quella che corrisponde a grandi linee agli ultimi anni delle scuole elementari e a quelli delle scuole medie, è stata ancora più ricca di scelte, fatte autonomamente, che hanno ancor di più ampliato il suo bagaglio di conoscenze.

Scegliere tra tennis, sci e altre discipline a lui molto care, tra cui il calcio; frequentare la scuola tennis federale del suo maestro Heribert Mayr con più continuità e giocare non solo con lui, ma integrare l'attività presso altri contesti; partecipare ai raduni regionali presso il TC Caldaro per ricercare confronti più ampi; partecipare ai primi raduni nazionali a Tirrenia e guadagnarsi la prima maglia azzurra con la Nazionale under 14; andare con i suoi coetanei ai Centri Federali Estivi, nel caso specifico Serramazzoni; decidere di trasferirsi nell'Academy di Riccardo Piatti, dove avrebbe trovato altri tecnici di spessore quali Massimo Sartori, Cristian Brandi e Andrea Volpini solo per fare alcuni nomi.

Si era reso conto che l'**ambiente virtuoso** che fino ad allora gli aveva consentito di sviluppare determinati presupposti di base non bastava più, e in totale **libertà** e senza condizionamenti, ma con **autonomia** e **consapevolezza**, è riuscito a fare le giuste scelte anche se le più complicate, dettate dalla sua **testa** e dalla sua immensa **passione** verso il tennis.
La scelta tra lo sci e il tennis è stata semplice, perché aveva inteso che quest'ultimo gli poteva offrire un'opportunità di confronto più continua nel tempo, ma nello stesso tempo complicata: gli ha richiesto di spostarsi (aiutato dalla famiglia, in particolare dal nonno che lo accompagnava) per integrare gli allenamenti in circoli al di fuori da Sesto Pusteria, per potersi confrontare con altri ragazzi del suo livello (spesso più grandi di età). Questo processo di confronto era nato proprio negli anni della sua prima formazione con il progetto dei PIA (Piani Integrati d'Area) della Federazione Italiana.

Una pianificazione più completa per arricchire le sue conoscenze tennistiche, integrata settimanalmente con i raduni tecnici nei weekend, condotti dal Tecnico federale Alberto "John" Tirelli. Gli stessi raduni organizzati contestualmente in tutte le regioni d'Italia, con obbiettivi formativi condivisi su scala nazionale, che gli hanno consentito, dagli undici ai quattordici anni, di poter partecipare alla Coppa delle Province, riservata agli under 12, e alla Coppa delle Regioni under 14, dedicata al "padre" di tutti gli allenatori italiani: il signor Mario Belardinelli.

Nel 2010, con la nascita dell'Istituto Superiore di Formazione dedicato a Roberto Lombardi, scienziato del nostro sport, diretto da chi scrive, entra nella fase decisiva il Sistema Italia, con lo Junior Club Italia riservato agli under 10-12-14, che proponeva non solo una pianificazione organizzativa univoca sull'intero territorio nazionale, ma metodologie d'insegnamento innovative, con progressioni didattiche che esaltano sempre di più le azioni di inizio gioco, quali "servizio e risposta al servizio".
Un passaggio metodologico che ha esaltato quello che possiamo definire *speed tennis*, un tennis più veloce e aggressivo, rispetto a un *marathon tennis*, una interpretazione del tennis basata sulla regolarità, sul "non sbagliare", che enfatizzava una specializzazione precoce, anche con risultati giovanili importanti a breve termine ma limitanti nel lungo periodo.

La metodologia, esaltata da nuovi principi didattici quali la multilateralità, la gradualità, la multiformità e specificità di apprendimento, si è nel tempo sempre più arricchita di contenuti. Oltre agli aspetti tattico-tecnici specifici della disciplina si sono aggiunte ulteriori professionalità quali preparatori mentali, preparatori fisici, educatori alimentari, tecnici degli attrezzi, video e match analisti che hanno reso la preparazione dei giovani tennisti sempre più universale, innalzando la cultura sportiva degli stessi e di tutti gli "addetti ai lavori" quali insegnanti, dirigenti, genitori ecc...

Proprio in questi anni, dal 2010 al 2015, sono cambiate anche le strategie di attribuzione di contributi economici ai ragazzi under 14, tramite borse di studio e consulenze tecniche non più legate ai risultati sportivi ma soprattutto a valutazioni e screening di tutte le aree, che valutavano i ragazzi a 360° e non più solo da un punto di vista competitivo.

Tutto questo si è potuto verificare in quanto per la prima volta nella storia della Federazione Italiana Tennis, l'Istituto Superiore di Formazione (ISF) che da sempre aveva formato esclusivamente tecnici di tennis, dal 2010 non si è solo occupato di formazione dedicata agli insegnanti con un ampio concetto di multidisciplinarietà, ma anche del Settore tecnico giovanile under 14, partendo da un presupposto imprescindibile nella costruzione di un Sistema: per sviluppare le capacità di allievi talentuosi è necessario avere sempre di più insegnanti di talento. Si è lavorato per la crescita del territorio e delle scuole federali attraverso una strategia di decentramento delle attività, valorizzando la periferia ma in modo strutturato e coordinato dal centro. Questo ha portato a crescere all'interno del Sistema Italia non solo Sinner ma tantissimi altri ragazzi talentuosi i cui nomi sono oggi sono ampiamente noti e assicurano insieme a Jannik una prospettiva più che decennale di grandi soddisfazioni per il tennis azzurro.

Partecipando a tutte le attività federali e giocando le varie coppe istituzionali, non poteva non esserci il passaggio di Jannik anche dai Centri federali estivi, un po' complicato nella gestione della lingua, ma sicuramente molto divertente e formativo. Come dicevamo, la sede nella quale partecipò ai raduni ma anche alle competizioni a essi collegate fu quella di Serramazzoni, in provincia di Modena. Contestualmente ai raduni regionali, da under 14 Jannik ha frequentato anche i raduni nazionali a Tirrenia, mostrando fin da subito il suo talento sia in campo che fuori, tanto da vestire per la prima volta la maglia azzurra con una convocazione nella nazionale under 14 per la Winter Cup con il Tecnico federale Luca Sbrascini.

Nel 2014 sarebbero nati i Centri Tecnici Periferici (CTP) sparsi per l'intero territorio nazionale, tra cui quello di Vicenza. La Federazione per vie informali aveva proposto la convocazione naturalmente anche a Sinner. Anche in questo caso, come per altre situazioni, Jannik ha dovuto scegliere. Ha preferito l'Academy di Riccardo Piatti, optando per l'opzione per lui più impegnativa, più difficile ma sicuramente più formativa per se stesso. Scegliendo Vicenza, sarebbe stato più vicino a casa e avrebbe avuto l'opportunità di rientrare nei fine settimana. Andare a Bordighera era sicuramente più complicato, ma lui ha preferito sin da ragazzino fermarsi al centro in Liguria per rubacchiare altre ore di tennis e approfittare della presenza di grandi giocatori di passaggio per fare da sparring. Se il CTP di Vicenza vedeva la partecipazione solo dei ragazzi di alto livello convocati dal Settore tecnico, al centro di Riccardo Piatti Sinner poteva confrontarsi con tanti stranieri, dentro e fuori dal campo, e vivere quell'internazionalizzazione di un "ambiente virtuoso" molto simile all'attività di un tennista professionista. Ma ancor di più, quando poteva, partiva insieme ai "pro" per fare sparring e qualche volta provare a giocare sia in singolo che in doppio, preoccupandosi poco dei risultati e molto del processo formativo, con l'unico vero obbiettivo di fare esperienze e innalzare la conoscenza dello sport che amava.

La Federazione, a prescindere dalla sua scelta, gli è stata sempre vicino, direttamente, tramite raduni e convocazioni per rappresentare l'Italia da under 14 o riservandogli wild card (inviti) per i tornei Challenger ai quali, con la sua classifica, non avrebbe ancora potuto accedere. Dandogli il supporto di consulenti tecnici oltre a borse di studio dedicate e, indirettamente, aiutando chi nel team Piatti lo accompagnava nelle attività nazionali e internazionali. Andrea Volpini, per esempio, ha potuto fare il corso di formazione per Maestro nazionale FITP con l'Istituto, avendo poi l'occasione di svolgere gran parte del tirocinio come insegnante a seguito di Jannik in giro per l'Italia e l'Europa. Infatti, chi allena un ragazzo selezionato dal Settore giovanile FITP viene agevolato nel percorso formativo per diventare Maestro nazionale, della durata di un biennio, con elasticità di calendario e facilitazioni di tirocinio. Un'altra ragione per cui oggi abbiamo non solo gli insegnanti ma allenatori tra i più bravi al mondo.

Questo processo ha aiutato nella crescita sia i numerosi insegnanti che hanno intrapreso l'attività di allenatore, sia lo stesso ISF poiché, a grande richiesta del settore giovanile e degli insegnanti dei ragazzi under 14 (tra cui Riccardo Piatti) l'Istituto negli anni successivi ha ampliato la sua sfera gestionale in ambito tecnico, occupandosi non più solo degli under 10-12-14 ma anche degli under 16, sia maschi che femmine. È proseguito pertanto il decentramento del settore giovanile, con gli aiuti in consulenze ai giovani tennisti talentuosi tra cui naturalmente Jannik Sinner. E si è consolidato sempre più quel Sistema Italia del tennis di cui oggi parla tutto il mondo.

Se è vero che nella sua prima vita tennistica Jannik aveva arricchito la sua intelligenza motoria, negli anni successivi ha sicuramente consolidato la consapevolezza di voler realizzare il sogno di vincere gli Slam, la Coppa Davis e tanto altro ancora. Sogno che si sta concretizzando giorno dopo giorno.

Parte terza

Dall'Alto Adige alla conquista del mondo

Nel 2001, anno di nascita di Jannik Sinner, l'Alto Adige è un vivaio tennistico molto particolare. Sei anni prima, al Tennis Club Caldaro, in provincia di Bolzano, si erano incontrati per la prima volta un giovane maestro di tennis vicentino, Massimo Sartori, e un bambino di Caldaro che a undici anni aveva già mostrato qualità molto interessanti: Andreas Seppi. Ciò che avvenne quel giorno, il 3 luglio 1995, in qualche modo avrebbe inciso anche sul destino di Jannik.

Seppi era uno dei migliori under 12 d'Italia e l'allora presidente del Club, Alexander Vorhauser, di professione pasticciere, aveva deciso di sostenere un progetto che non aveva precedenti in Italia: ingaggiare a tempo pieno quell'insegnante di tennis molto volitivo e affidargli Seppi e altri tre ragazzini promettenti, puntando a farli diventare più forti possibile, con in testa l'obbiettivo ambizioso di arrivare con uno o più di loro nella Top 100 mondiale.

Sartori accettò la sfida e il progetto partì: con Seppi ne fecero parte Alex Vittur di Brunico, classe 1984 come Seppi; Simone Vagnozzi di Ascoli Piceno, classe 1983 (sì, proprio lui, l'attuale coach di Sinner) e Paolo Surian, il più anziano, nato a Trieste nel 1982.

Nessuno scherzava da quelle parti: Sartori e i suoi ragazzi fecero davvero sul serio ed ebbero tutti successo, sia pure a livelli diversi. Seppi divenne, insieme a Fabio Fognini, il giocatore italiano di riferimento all'inizio del terzo millennio, arrivando nel 2015 fino al n° 18 del mondo. Fu il punto più alto di una lunghissima carriera professionistica che lo ha visto aggiudicarsi tre tornei (su tre superfici diverse: a Eastbourne sull'erba nel 2011, a Belgrado sulla terra battuta e a Mosca sul duro nel 2012), ma soprattutto disputare 66 tornei del Grande Slam consecutivi (meglio di lui solo gli spagnoli Feliciano López con 79 e Fernando Verdasco con 67) e chiudere l'anno tra i primi 100 giocatori del mondo per 14 anni consecutivi, a partire dal 2005.

Vagnozzi, probabilmente troppo minuto fisicamente per riuscire a valorizzare le ottime qualità tecniche (un metro e 73 per 60 chili di peso forma) arrivò comunque al n° 161 ATP in singolare e al n° 73 in doppio, una specialità che nei tornei del Grande Slam ha spesso giocato proprio con Seppi.

Alex Vittur (oggi il consigliere più fidato di Sinner) ha conquistato a sua volta punti ATP: nel 2004 con la finale raggiunta al Futures Italy F25 a Selargius salì al n° 605 delle graduatorie mondiali. Poi ha deciso di andare all'Università: si è laureato in economia alla Cattolica di Milano, con successivi Masters ad Harvard e alla London School of Economics.

Paolo Surian si è fermato al circuito mondiale juniores e alla classifica di n° 452 nel ranking ITF del 2000. Oggi è un quotato insegnante di tennis nella sua Trieste.

Gente che ha avuto successo, a partire proprio dal 2001, quando la squadra under 18 del Tennis Club Caldaro con Seppi, Vagnozzi e Vittur conquista lo scudetto nel Campionato italiano under 18. Un gioco di coincidenze la cui trama è troppo fitta per rimanere nel campo delle casualità. Proviamo a seguirne i fili.

Ce n'è uno che lega Alex Vittur a Heribert Mayr, il maestro di Sinner (il quale, come abbiamo raccontato, era stato preparato all'esame di ammissione al corso maestri da Italo Guerra, collega e amico fraterno a Vicenza di un altro maestro di tennis, Alfredo Sartori, il papà di Massimo. E questo è un altro filo...).

Alex prima di andare a Caldaro era stato proprio allievo di Mayr a Brunico. E Mayr lo chiama nel 2014 quando cerca sparring di qualità per Sinner. Dopo la laurea, Vittur si specializza nel management finalizzato ad andare a lavorare nel consorzio che gestisce le Funivie di Plan de Corones (oggi è vicepresidente del consiglio d'amministrazione) ma il tennis resta una passione. Su richiesta del maestro "Hebbi", Alex gioca con Jannik due o tre volte a Brunico e ne resta colpito.

Parte a quel punto la telefonata a Massimo Sartori, che si è trasferito a Bordighera per lavorare con Riccardo Piatti, il più famoso e titolato dei coach tennistici italiani.

C'è un ragazzino che Max deve assolutamente vedere: l'occasione potrebbe essere il torneo ATP Challenger di Ortisei che Seppi frequenta annualmente, con il gusto di giocare "sotto casa".

Andreas, oltre a essere singolarista titolare in Coppa Davis, è anche il primo modello per Sinner: per un ragazzino dell'Alto Adige immaginare di fare quello che ha fatto Seppi è la prima molla verso la grandezza. Il Challenger di Ortisei è anche il primo torneo che Sinner va a vedere insieme a suo papà Hanspeter. Seppi è finalista nel 2012. Poi, nel 2013, lo vince.

Il provino al Challenger di Ortisei

L'edizione 2014 alla quale Andreas si presenta da favorito potrebbe essere una buona occasione per dare un'occhiata al ragazzino che gli ha segnalato Vittur, pensa Sartori, che così racconta oggi il frangente:

> Ho ancora l'appunto su una vecchia agenda: Sinner doveva venire a Ortisei per giocare con Seppi l'8 novembre del 2014. Era un sabato. Quel giorno però Seppi era un po' acciaccato, aveva mal di schiena. Così ho giocato io con Jannik, dalle quattro alle cinque del pomeriggio sul campo centrale del Tennis Club Ortisei.
>
> Era un bambino come tanti altri, magro, ma aveva questi capelli lunghi, rossi, che colpirono la mia attenzione. Giocava bene, mi impegnava, e io allora ero ancora un buon giocatore. La sua palla viaggiava, per un ragazzino così era una palla molto buona. Giocava meglio di rovescio che di diritto. Con il rovescio colpiva bene mentre dal lato del diritto si faceva arrivare la palla un po' addosso perché aveva l'impugnatura un pochino girata. E poi serviva con i piedi uniti, come il campione francese Gaël Monfils. Mi ricordo che avevo chiesto anche al suo maestro, che l'aveva accompagnato, come mai e mi aveva spiegato che era voluto, che stavano proprio provando a farlo servire con i piedi uniti, stile Monfils. La cosa bella è che con lui si giocava un buon tennis. Il suo gioco era armonioso, lui si muoveva bene, aveva padronanza nei movimenti. Tutte doti naturali che mi avevano colpito molto. Non era teso ma abbiamo parlato poco: era la prima volta che ci vedevamo. Gli dissi che quando ci saremmo incontrati di nuovo lo avrei fatto giocare con Andreas Seppi. Quando sono andato via mi

ha ringraziato. E non ho lasciato passare tantissimo tempo, perché ci siamo rivisti subito dopo Natale, poco prima che io e Andreas partissimo per l'Australia.
Ci tenevo a farlo testare a Seppi, come facevo sempre quando volevo capire la consistenza di un ragazzino che giocava già abbastanza bene. Seppi mi aveva testato Stefano Travaglia quando aveva più o meno l'età di Jannik, andava in terza media. Ricordo che su Travaglia (poi diventato n° 60 del mondo, N.d.R.) mi disse: «Guarda che questo tira forte, è uno buono, può giocare bene». Così mi sono organizzato intorno a Natale con Alex Vittur per andare a giocare a Bolzano. Sarà stato il 26 o il 27 dicembre, perché poi io e Seppi siamo partiti poco dopo. Tutti gli anni giocavamo tre o quattro giorni a Bolzano prima di partire per l'Australia, perché a Caldaro non avevamo i campi in duro. Ho fatto venire Jannik e l'ho fatto giocare con Seppi, perlomeno la prima parte dell'allenamento. Quella volta ho colto già qualcosa di diverso. Mi sono reso conto che rovescio contro rovescio stava dietro ad Andreas. Qualche volta Sinner tentava anche di aumentare il ritmo per condurre lo scambio. Mi ricordo che prendevo in giro Seppi, gli dicevo: «Oh, ti sta andando sopra di rovescio». E lui, ridendo: «Questo non ha nessun rispetto». Scherzavamo, ma già in quel frangente potevi capire che Jannik era qualcosa di diverso. A tredici anni riusciva a far viaggiare la palla, a reggere la forza di Seppi. La sua tecnica era già buona per tutto il lavoro che aveva fatto con "Hebbi" Mayr. Un lavoro fatto molto bene, al di là delle sue doti naturali con le quali risolve quasi tutti i problemi. Anche l'atteggiamento colpiva. Era tranquillissimo, era venuto come se fosse uno di noi, era venuto per allenarsi, non per farsi vedere o fare lo sparring a Seppi. Aveva di sicuro personalità.

Va detto anche che il Seppi di quelle giornate bolzanine era un signor giocatore: avrebbe raggiunto gli ottavi di finale a Melbourne, battendo il grande Roger Federer, allora n° 2 del mondo, in quella che forse è stata la miglior partita della sua carriera.

Sartori era stato colpito dalle doti di Sinner e al ritorno dall'Australia si mise d'accordo con Alex Vittur per incontrare i genitori di Jannik. Lavorava a Bordighera con Riccardo Piatti dal 2012 e sapeva bene quanto fosse importante conoscere la famiglia di un ragazzo che ha talento e aspirazioni per provare a capirne le prospettive.

> Mi ricordo che riuscimmo a organizzare quell'incontro a Brunico alle dieci di sera, perché loro lavoravano al ristorante e mi avevano chiesto se potevamo vederci a quell'ora. Era fine febbraio ed ero partito in auto la mattina da Bordighera. Ci siamo trovati all'ora stabilita, ci siamo seduti e abbiamo parlato tanto, fino a tardi, oltre mezzanotte. Per me era importante che ci conoscessimo e che io riuscissi a dire loro quello che avevo visto in Jannik quando aveva giocato con Seppi dopo Natale. Secondo me doveva avere l'opportunità di venire a Bordighera e provare a fare di più, a mettere a frutto le sue doti. Il papà di Jannik mi disse: «Perché vuoi lavorare con mio figlio?». Gli risposi: «È la stessa domanda che mi fece il padre di Andreas Seppi e la risposta rimane la stessa. Se non lavoro con uno come tuo figlio è meglio che smetta di fare questo mestiere». Alla fine il papà e la mamma mi dissero: «Ci hai convinti. Noi siamo d'accordo ma non decidiamo per Jannik. È la sua vita. Se decide di venire, per noi va bene, però solo lui può prendere questa decisione». Ci siamo lasciati così: mi dissero che avrebbero parlato con Jannik e mi avrebbero fatto sapere. Era stata una bellissima serata. Erano persone alla mano, si vedeva

che era gente che lavorava sodo: avevamo parlato tanto anche se non ci conoscevamo e loro mi avevano trasmesso una grande fiducia. Io però, oltre ad attendere la decisione di Jannik, dovevo riuscire a fare in modo che Riccardo Piatti lo vedesse.

«Bisogna che Riccardo Piatti lo veda»

Ma chi è questo Riccardo Piatti e perché Sartori ci tiene così tanto a fargli vedere Sinner? Comasco, classe 1958, Piatti nasce maestro di tennis FIT proprio come Heribert Mayr. Come lui (ma tre anni dopo, nel 1981) si è diplomato alla Scuola Nazionale delle Tre Fontane a Roma diretta da Tonino Rasicci. Come giocatore è stato al massimo un discreto seconda categoria.

Come allenatore vanta però un'esperienza unica. Rasicci durante il corso ne aveva apprezzato la determinazione (i colleghi l'avevano soprannominato "il mulo di Cernobbio") e la curiosità, la voglia di imparare sempre cose nuove. L'aveva quindi voluto con sé per allenare dei ragazzini promettenti alle Tre Fontane (tra gli altri, Claudio Pistolesi, Silvia La Fratta, Gabrio Castrichella) prima che il Settore tecnico nazionale della FIT, diretto allora da Adriano Panatta, nel 1984 gli affidasse un gruppetto under 16 da far crescere al Centro tecnico di Riano Flaminio: Renzo Furlan, veneto di Cimetta di Codognè, Cristiano Caratti piemontese di Acqui Terme, Cristian Brandi, pugliese di Brindisi e Federico "Ghigo" Mordegan, vicentino.

Piatti si impegna a fondo con i suoi ragazzi, ma quando questi, diciottenni, arrivano alla fine del loro percorso nel tennis giovanile, gli viene comunicato che il Settore tecnico ha deciso di non investire ulteriormente su di loro.

Furono rimandati tutti a casa tranne Furlan, l'unico secondo Panatta e i suoi collaboratori con qualità su cui valesse la pena di insistere. Piatti non accettò la decisione e si dimise, proponendo a questi ragazzi "scartati" di affrontare insieme il circuito professionistico, partendo da zero e contando solo sulle proprie forze.

Trovò una base e un sostegno a Torino, al Tennis Club Le Pleiadi del presidente Carlo Bucciero. E i "Piatti Boys", come vennero chiamati, fecero scalpore in un'epoca di vacche magrissime per il tennis italiano. Furlan vinse due titoli ATP (il primo nel febbraio del 1994 sul cemento californiano di San Jose, superando in finale il n° 9 del mondo Michael Chang che in quell'anno avrebbe vinto i tornei di Philadelphia, Hong Kong, Atlanta e Cincinnati), raggiunse i quarti di finale al Roland Garros nel 1995 (l'anno in cui Seppi e Vagnozzi giocavano la Coppa Lambertenghi under 12) e arrivò fino al n° 19 delle classifiche mondiali nel 1996.

Caratti fu il primo italiano nell'era Open a spingersi fino ai quarti di finale agli Open d'Australia nel 1991, anno in cui raggiunse anche la finale al torneo ATP di Milano (dopo aver battuto l'allora n° 3 del mondo Ivan Lendl) e la posizione di n° 26 delle classifiche mondiali. Cristian Brandi e Ghigo Mordegan ebbero meno fortuna in singolare ma raggiunsero entrambi la Top 100 mondiale in doppio (n° 50 Brandi, convocato anche in Davis, e n° 70 Mordegan) con la soddisfazione di vincere insieme il torneo ATP di Estoril nel 1994.

Non è difficile capire perché una volta accettata la sfida professionale con il Tennis Club Caldaro, nella seconda metà degli anni novanta, Massimo Sartori avesse bussato alla porta di Piatti per chiedere consigli, spiegargli il progetto e capire se l'esperienza del tecnico comasco, che era riuscito formare professionisti di alto livello lavorando su elementi sì promettenti ma non considerati dei fenomeni, poteva essergli utile con i suoi "boys" in Alto Adige.

Trovò un'ampia e disinteressata disponibilità a condividere metodi e informazioni, cose da fare e cose da non fare. Il suo percorso con Seppi, Vagnozzi, Vittur e Surian andò sviluppandosi proprio mentre Piatti concludeva il suo con i "Piatti Boys" e ne cominciava un altro puntando su un giovane croato, profugo della guerra dei Balcani e accolto alle Pleiadi insieme ad altri ragazzi come lui: Ivan Ljubičić.

Piatti aveva fatto tesoro di quello che aveva imparato vivendo per oltre un decennio sul circuito con i suoi giocatori, osservando gli allenatori spagnoli, americani, cechi o australiani. Commettendo errori e trovando soluzioni. Ljubičić non era un fenomeno assoluto ma era grande e grosso, aveva un servizio devastante e un rovescio (a una mano) da favola. Nell'epoca dominata dagli extraterrestri Roger Federer e Rafael Nadal, riuscì a diventare il primo dei terrestri, n° 3 del mondo. Vinse la Coppa Davis nel 2005, 10 tornei del circuito ATP (tra cui Indian Wells 2010), la medaglia di bronzo in doppio (con Mario Ančić) alle Olimpiadi di Atene 2004 e fu semifinalista al Roland Garros nel 2006. Divenne poi coach del mitico Roger Federer (dal 2016 al 2022), che da giocatore era riuscito a battere tre volte.

La strepitosa carriera di Ljubičić si sviluppa in un periodo in cui Piatti e Sartori sono molto vicini, spesso frequentano gli stessi tornei, anche se ognuno lavora per conto proprio. Andreas Seppi raggiunge l'obbiettivo di entrare tra i primi 100 della classifica mondiale nel 2005, la prima delle due stagioni in cui Ljubičić riesce a qualificarsi per il Masters di fine anno, il torneo con i primi otto giocatori della stagione che oggi si chiama Nitto ATP Finals. E il sapere di Piatti diventa patrimonio anche di Sartori: è quasi naturale che quando Ljubičić, dopo 17 anni sul tour mondiale, si ritira e Riccardo Piatti decide di darsi una sede di lavoro stabile (trovandola al TC Bordighera, il circolo più antico d'Italia, fondato nel 1878) Massimo Sartori sia al suo fianco. Dal 2012 lo storico circolo a un passo da Monte Carlo, dove Piatti risiede e dove i giocatori si allenano quando hanno bisogno di campi in duro che a Bordighera non ci sono, è la base dove i due maestri FITP (entrambi hanno questa qualifica, Piatti è anche "tecnico nazionale ad honorem", e collaborano con il Settore tecnico come tanti altri coach privati di livello) impostano il lavoro con i loro giocatori, dai professionisti ai giovani che sognano di diventare tali.

È lì che Massimo Sartori vorrebbe portare Jannik Sinner. È lì che in quel periodo Riccardo Piatti, dopo avere lavorato per due anni con il campione francese Richard Gasquet (lo aveva preso nel 2011 quando era sceso al n° 30 del mondo e riportato nella Top 10, in semifinale agli US Open e alle ATP Finals nel 2013), stava seguendo un altro giovane protagonista del circuito, il canadese Milos Raonic. Un gigante di 196 centimetri con un servizio-bomba e le potenzialità per competere con i mostri sacri del periodo, i Fab Four: Federer-Nadal-Djoković-Murray (Piatti l'avrebbe portato a diventare n° 3 del mondo, in finale a Wimbledon e in semifinale alle ATP Finals).

Sartori è convinto che Sinner abbia un grande potenziale e pensa che Piatti abbia l'esperienza per sfruttarlo al massimo: il tecnico comasco durante il periodo in cui seguiva Ljubičić ha avuto sotto la sua ala, tra il 2005 e il 2006, anche un diciottenne Novak Djoković, in rampa di lancio verso la gloria. Era stato lui, nei mesi in cui lo aveva allenato, a scoprire che il serbo, che pure stava già per entrare tra i primi 100 del mondo, aveva problemi di vista e avrebbe avuto bisogno di giocare con le lenti a contatto. Con le quali avrebbe poi vinto 24 Slam. Insomma aveva visto tutto. Tranne Jannik.

«Questo come lo adottiamo?»

In quel periodo catturare l'attenzione di Riccardo Piatti era un'impresa, ma una volta ottenuta per valutare Jannik bastarono cinque minuti, come racconta Sartori:

> Gli parlai una prima volta di questo ragazzino che avevo visto in Alto Adige e lui manco mi ascoltava: c'era una fila lunghissima di genitori e/o maestri che volevano fargli vedere dei bambini promettenti. In quel periodo stava lavorando con Raonic ed era super-impegnato, super-concentrato: nei mesi successivi il canadese avrebbe battuto per la prima volta Nadal e raggiunto il n° 4 della classifica mondiale. Ho insistito una seconda volta ma... niente. Allora ho fatto di testa mia, di nascosto. Ho chiamato "Hebbi" Mayr, gli ho chiesto di venire a Bordighera a spese nostre, ci tenevo che venisse lui giù con Jannik. Volevo che il ragazzo fosse accompagnato da una persona di cui si fidava. Era la settimana prima del torneo di Monte Carlo, per cui sapevo che Riccardo sarebbe stato presente, di sicuro. Ho combinato tutto per il giovedì. Quel giorno alle 10-10.30 erano già con la racchetta in mano. Mi ricordo che eravamo sul campo dietro la club house a Bordighera.

Mi misi anch'io lì per essere sicuro che Riccardo lo guardasse con attenzione. Dopo cinque minuti si girò verso di me e mi disse: «Questo come lo adottiamo?». E io: «Finalmente, eh!». Da lì è partito tutto.

In quei giorni Raonic si allena con Novak Djoković al Country Club di Monte Carlo: Mayr e Sinner vengono invitati a bordocampo. Alla fine le foto-ricordo scattate da "Hebbi" con il telefonino sono testimonianza di questo primo contatto diretto tra Jannik e Nole.

Piatti nella sua autobiografia racconterà che aveva già visto Sinner, senza sapere chi fosse, sui campi del TC Milano durante quella Coppa Lambertenghi nel 2013. Lo aveva colpito quel ragazzino con i capelli rossi che stava perdendo in semifinale ma faceva gioco, cercava di andarsi a prendere i punti, scendendo anche a rete, invece di attendere l'errore dell'avversario.

«Dopo quel primo incontro eravamo rimasti d'accordo che avrei continuato ad allenarlo io» ricorda "Hebbi" Mayr, «e che lui avrebbe mandato su da noi in Alto Adige, una volta al mese, qualcuno a controllare il lavoro». Qualche settimana dopo Piatti andò a sciare a Selva di Val Gardena e invitò Jannik e i suoi genitori – racconta sempre in *Il mio tennis: la mia storia, il mio metodo* – per convincerli a far trasferire Jannik a Bordighera. Loro dissero che la scelta doveva farla Jannik e lui non aveva dubbi. Continua Mayr:

Dopo quell'incontro, Jannik ha preso la decisione di andare da Piatti alla fine dell'anno scolastico: era in terza media. Io in principio non ero contentissimo, perché eravamo rimasti d'accordo che sarebbe rimasto da noi. Poi ripensandoci mi sono detto: è la scelta migliore che potesse fare. Era inutile che restasse qua, non avevo abbastanza giocatori per farlo allenare come serviva a lui. Giù a Bordighera era tutta un'altra cosa. Jannik era convintissimo, specie se si considera che secondo me avrebbe sofferto di nostalgia. Doveva essere davvero motivato per partire: non è facile allontanarsi a quell'età da casa, non per una settimana o per un mese, ma proprio pensando che si va via da casa. I genitori in quel frangente lo sostennero nella sua scelta. Gli dissero: «Lo vuoi fare? Se a un certo punti decidi di tornare a casa, chiamaci: ti veniamo a prendere».

La prima convocazione in maglia azzurra

Il Settore tecnico della FIT seguiva Sinner molto da vicino in quel periodo: nel dicembre del 2014 convoca Jannik per la Coppa d'Inverno under 14 insieme ai migliori ragazzi della sua categoria d'età. Anche per John Tirelli, il responsabile della Macroarea del Nord-Est, è ormai chiaro che Sinner ha delle qualità fuori dal comune:

La Coppa d'Inverno è una manifestazione a squadre nazionale simile alla Coppa Belardinelli ma riservata ai giocatori di quattordici, quindici e sedici anni che si gioca d'inverno sui campi duri, veloci. Un under 12 che giocava poco ma riusciva a competere con gli altri under 12 poteva anche non dare tanto nell'occhio, ma a quattordici anni le cose cambiano perché gli altri giocavano cinque volte alla settimana, facevano preparazione fisica ecc. e lui invece non era a quel livello né in termini di ore di allenamento, né sul piano fisico. Lì l'ho visto giocare e davvero mi ha impressionato: riusciva ad alzare il livello nel giro di pochi minuti adeguandosi all'avversario. E il giorno dopo lo alzava ancora e ancora.

Così facendo Sinner batte nettamente tre coetanei molto quotati come Matteo Arnaldi, Michele Vianello e Marco Matteoli. Non sorprende dunque più di tanto che poco dopo arrivi anche la prima convocazione in maglia azzurra. L'Italia under 14 deve affrontare il suo girone di qualificazione in Winter Cup dal 6 all'8 febbraio a Esch-sur-Alzette, in Lussemburgo, sotto l'egida di Tennis Europe. Le avversarie sono Svezia, Germania e Portogallo. Si gioca sul duro, dove Jannik ha dato buona prova di sé: viene convocato insieme a Marco Furlanetto e Michele Vianello. Capitano e accompagnatore è il Tecnico nazionale Luca Sbrascini. Jannik esordisce contro i tedeschi, perdendo 7-5 6-2 con il coetaneo Nino Ehrenschneider, oggi n° 1527 del ranking mondiale. Tirelli a questo punto, come responsabile di Macroarea, offre a Sinner la possibilità di andarsi ad allenare al CTP (Centro Tecnico Periferico) di Vicenza.

> Come referente del Settore tecnico non potevo non proporre a un elemento di questo valore la possibilità di allenarsi gratuitamente in uno dei nostri centri. Ne parlai con suo papà. A uno dei raduni che allora si facevano a Caldaro, a lungo base operativa del gruppo di Sartori che era punto di riferimento per parecchi maestri, incontrai proprio Massimo che mi spiegò come una proposta analoga sarebbe arrivata da Bordighera, dove operavano lui e Piatti. Avrebbero lasciato la decisione a Jannik e ai suoi genitori. Io gli spiegai che a me andava benissimo anche l'eventuale scelta di Bordighera. L'importante è che Sinner trovasse un maestro e una struttura dove poter esprimere le sue potenzialità. Che i tecnici

fossero Piatti, Sartori, Santopadre o altri con le qualità necessarie per me era uguale: Sinner avrebbe avuto in ogni modo il supporto della FITP. La filosofia del Sistema Italia è questa. Il papà di Sinner accettò la proposta di Massimo Sartori, che aveva conosciuto tramite Alex Vittur, e per me, che conoscevo la qualità dei riferimenti che avrebbe trovato a Bordighera, andava benissimo. Il percorso che Sinner ha fatto fino a quando è partito per Bordighera ma anche successivamente, è analogo a quello di tutti gli altri ragazzi del suo livello agonistico. I suoi coetanei di interesse nazionale ebbero tutti un supporto o da team privati o facendo riferimento ai CTP della Federazione organizzati a Vicenza, Palazzolo sull'Oglio, Foligno e Bari.

Dalle Dolomiti alla Riviera ligure

Il trasferimento in Liguria avvenne in modo graduale e solo dopo che Jannik ebbe finito la scuola. Piatti andò a trovarlo in primavera a Sesto Pusteria, Jannik andò ad allenarsi 4-5 giorni a Bordighera. Nel maggio di quel 2015 Piatti e Sartori fecero avere a Sinner un pass per entrare con loro agli Internazionali BNL d'Italia, a vivere per qualche giorno l'esperienza del torneo dalla parte dei giocatori. Fu in quell'occasione che chi scrive ebbe a sua volta una "prima visione" molto particolare: sul campo n° 8 uno scricciolo rosso e lentigginoso, australiano o americano nello stile e nell'aspetto, stava palleggiando con un giocatore del torneo (più tardi avrei saputo che si trattava del doppista austriaco Julian Knowle, molto amico di Andreas Seppi). Colpiva facile, gran tempo sulla palla, come se quel ritmo da Masters 1000 fosse già suo.

Gli mancavano solo chili e centimetri. Non era ancora tempo di abbondanza di prospettive nel tennis maschile italiano e tornando in sala stampa venne istintivo pensare: ma perché uno così non capita mai a noi?

Lo stesso giorno, incontrandolo in *players' lounge*, capitò di raccontare la "visione" a coach Riccardo Piatti, che conoscevo bene dai tempi dei "Piatti Boys". A sua volta lui volle stuzzicarmi con una segnalazione: «In questi giorni qui a Roma c'è anche un ragazzino italiano che un giorno sarà protagonista su questi campi. Si chiama come Noah (l'ex grande campione francese, N.d.R.)». Stavamo parlando della stessa persona, di nome Jannik.

Quando ce ne rendemmo conto Riccardo mi spiegò che in Sinner vedeva una predisposizione e delle qualità che aveva potuto apprezzare in Novak Djoković, quando lo aveva allenato, giovane apprendista del circuito professionistico, insieme a Ivan Ljubičić. Anche "Nole", da piccolo, aveva imparato prima a sciare che a giocare a tennis: suo papà Sdrjan gareggiava sulla neve.

Era un'abitudine consolidata per Piatti far assaggiare prima possibile ai suoi giovani allievi il peso e la qualità della palla colpita dai professionisti: secondo lui li aiutava a capire verso quale prospettiva era finalizzato il lavoro e quanta strada c'era da fare.

Il trasferimento vero e proprio dall'Alto Adige alla Riviera ligure di Ponente avvenne d'estate, dopo che Jannik aveva passato due settimane all'Isola d'Elba, al centro di Punta delle Ripalte, Costa dei Gabbiani, dove Riccardi Piatti organizzava ogni anno degli stage. Nella cronologia dei risultati di Sinner (vedi Appendice) compare un torneo a Finale Ligure la settimana dopo Ferragosto, poi in settembre i campionati Italiani under 14 a Forlì e addirittura le qualificazioni in due tornei Futures ITF in Croazia.

L'addio ai monti

Su quello specifico momento ci sono testimonianze dirette dei protagonisti in una lunga intervista a Piatti e Sinner realizzata nel 2020 da Marco Montemagno, il noto influencer del mondo digitale, ex giocatore professionista di tennistavolo e grande appassionato di tennis, e in un servizio speciale realizzato a Bordighera dal canale televisivo della FITP SuperTennis. Racconta Piatti a Montemagno:

> «Perché me lo lasciate? Domandai ancora ai genitori». Il problema per me era sempre capire la motivazione dei genitori: perché se la motivazione è del ragazzo è una cosa, se è dei genitori, un'altra. Se mi avessero detto: deve diventare un campione, mi sarei preoccupato, avrei avuto dei dubbi. Invece la risposta fu: è Jannik che vuole venire. Papà Hanspeter mi disse che loro erano stati molto fortunati perché avevano avuto due figli e ora i due figli dovevano fare la loro strada. Questa frase mi colpì molto. Era un ragionamento da persone che volevano davvero il bene del loro figlio, un atteggiamento non facile da trovare, al contrario di quanto si possa pensare.

Uno dei problemi per l'ambientamento di Jannik era quello della lingua: per il quattordicenne di Sesto Pusteria l'italiano era una seconda lingua, imparata a scuola. Una prima ipotesi era che fosse ospitato dalla mamma di Massimo Sartori, di madrelingua tedesca. Poi invece Piatti optò per la famiglia di uno dei suoi allenatori, Luca Cvetkovic, un coach che si era da poco trasferito anche lui a Bordighera.

«Luca è croato e ha un'educazione molto simile a quella dei genitori di Jannik» spiega Piatti, «e lui si è trovato subito bene». Sinner, nella medesima intervista, conferma: «È stata una scelta giusta: a quattordici anni una famiglia ti serve. Loro avevano due figli, un maschio e una femmina. Avevano anche un cane. A me era sempre piaciuta l'idea di avere un cane ma i miei in casa non c'erano mai e non avevamo potuto prenderlo. Mi è piaciuto molto vivere in una famiglia così».

È proprio Cvetkovic a raccontare a SuperTennis il giorno dell'arrivo di Sinner:

> Quando i genitori l'hanno accompagnato, si capiva che soffrivano per il fatto di lasciarlo qui da solo, ma non volevano fargliele vedere. Sono arrivati a casa nostra, si sono presentati in cinque minuti e poi lo hanno lasciato lì, dicendo: ciao Jannik, noi andiamo. Lui si è trovato lì, da solo con noi: era ancora timido. Era piccolo, aveva quattordici anni. Ci hanno poi raccontato che la sera stessa ha chiamato i suoi genitori e ha detto loro: non preoccupatevi, io qui starò benissimo. La cosa più bella è che faceva sempre lavori a casa. Puliva, passava l'aspirapolvere: la domenica sera libera faceva sempre qualcosa a casa. Non stava mai fermo: io dicevo non dategli il giorno libero perché corre per casa, grida, fa pettegolezzi con tutti. È meglio che stia sempre in campo.

Cvetkovic ha seguito con attenzione la crescita di Sinner in quel periodo. Gli è rimasto impresso un episodio particolare:

Una cosa mi ha impressionato, che non è facile vedere in altri ragazzi. Una volta si è infortunato: facendo atletica è caduto e si è rotto il polso sinistro. Non ha potuto giocare a tennis per due o tre mesi: portava un tutore sul braccio sinistro, poteva giocare solo di diritto. Lui in quel periodo ha preso lo stesso l'allenamento molto sul serio: ha lavorato molto sul diritto e sul rovescio in back, che si gioca con una mano sola. Non si è mai lamentato. Ha approfittato di questo tempo e ha migliorato anche la volée. Dopo quei due/tre mesi giocava a tennis meglio di prima.

Il metodo Piatti

Le giornate di Sinner a Bordighera hanno uno schema che si ripete: colazione a casa poi si va al circolo. La sessione del mattino (tre ore circa) è dedicata al lavoro sul campo con la racchetta in mano. Dopo il pranzo e una piccola pausa, c'è la parte di preparazione fisica in palestra.

L'impostazione del lavoro e gli obbiettivi sono quelli che Riccardo Piatti riassume in una lunga intervista, rilasciata al vostro cronista nel giugno del 2019, quando Jannik sta per affrontare per la prima volta le qualificazioni del torneo di Wimbledon, con il suo linguaggio semplice e diretto, pane e tennis:

> Il segreto della crescita di Jannik è stato fidarsi delle persone che ha incontrato e, come dico io, "essere sul progetto": vuole diventare un giocatore forte. Per arrivare lontano bisogna guardare lontano. Lo dico mille volte: a me dei risultati dei ragazzi non frega niente, ma di come giocano sì.

Di come si comportano sì. Per esempio: Jannik un giorno è andato giocare un torneo qui vicino a Bordighera e ha perso 6-1 6-1. Però era venuto 25 volte a rete e l'atteggiamento era sempre buono. A me andava bene così. Le persone che vengono al mio centro fanno parecchi investimenti. E si aspettano dei risultati. Però per me il risultato non è se vincono o perdono la partita. È se loro comandano il gioco, se hanno un buon atteggiamento, se lottano, se superano le frustrazioni. Soprattutto in età giovanile a me è quello che interessa. Poi arriverà tutto il resto. Jannik ha attraversato questa fase. Lui in età giovanile ha fatto i vari campionati ma con uno spirito particolare. Lo racconto sempre: nel 2016 c'erano i Campionati italiani under 16 a Sanremo. Lui aveva quindici anni. I maestri qui erano tutti pronti a portarlo. E io ho detto no: Jannik prende il treno da Bordighera da solo, va a giocare a Sanremo e torna indietro. Lui ha fatto così. Quell'anno ha perso negli ottavi da Arnaboldi. E nessuno di noi l'ha visto: si è arrangiato a guardarsi gli orari, prendersi i treni, giocarsi le partite. E adesso (2019, N.d.R.), al torneo di Lione, è andato solo con il nostro fisioterapista. Io sono concentrato sulla crescita di Jannik, come giocatore e come persona. Questo, secondo me, deve fare un allenatore di tennis.

È chiaro che sono molto attento. E più sale il livello più devo stare attento. Non perché lui si distragga, ma perché ha sempre più persone intorno che magari vogliono fargli vedere la realtà in un altro modo. La realtà per lui adesso è che c'è una strada molto lunga da fare. Lui ha già iniziato il percorso e deve essere molto attento, molto preciso in tutte le cose che fa tutti i giorni. L'esempio classico è Nadal. Per vincere 12 titoli al Roland Garros non fa le cose a metà. Le fa appieno.

È imbevuto nel tennis. Per quello sin dall'inizio lui ha avuto un team di persone molto qualificate che l'hanno aiutato. Quando Jannik aveva quindici anni un giorno gli ho chiesto: «Chi è il migliore allenatore per te?». Lui mi guarda e mi dice: «Sei tu». Gli ho risposto: «No, sei tu il tuo miglior allenatore. Io ti metto in condizione di avere intorno persone capaci e preparate che ti aiutino a esprimere quello che vali». Adesso sono in un'altra fase con lui: sono quello che deve rompere, sono un po' rompicoglioni. Esigo che faccia tutte le cose sempre molto bene. In allenamento voglio sempre il massimo da lui. Quando è qui al centro sono sempre in campo io con lui. Quando non è a Bordighera e va in giro con altri maestri (con Andrea Volpini, con Cristian Brandi o con Massimo Sartori) voglio che faccia le cose che gli dico. I movimenti dei piedi, come andare a colpire la palla, il servizio, le volée, le risposte, gli atteggiamenti. Se ogni tanto noto qualcosa di contrario intervengo e sono molto pesante. Non con gli allenatori ma con lui. Perché lui sa che cosa deve fare. Gli allenatori devono solo verificare che tutto succeda. In questo senso ho responsabilizzato sia lui sia tutte le persone che gli stanno vicino. Lui però è il primo responsabile. Di tutte le cose che gli succedono, di tutte le cose che faccio per lui. Gli parlo di tutto: l'attività, i contratti, i tornei, gli allenamenti. Per tutte le decisioni mi confronto con lui anche se ha solo diciassette anni, diciotto quest'anno. Per diventare un giocatore forte deve essere cosciente di tutto e avere la capacità di conoscere tutto. Sono contento che venga già a giocare i tornei più grandi. In particolare che sia venuto sull'erba a 's-Hertogenbosch e Halle dove ha avuto la possibilità di giocare con (e di veder giocare) i giocatori più forti. È lì che impara, confrontandosi con questi. Certe volte mi dicono:

dovrebbe giocare anche a un livello più basso per vincere. Io questa roba non l'ho mai capita e forse non la capirò mai. Il giocatore forte è quello che va a vincere i tornei dove ci sono quelli forti. Non dove ci sono gli scarsi. Ce ne sono mille che vincono con gli scarsi, pochi che vincono con i forti. Secondo me in età giovanile è importante insegnare a vincere con i forti.

Quando si allena, si allena meglio di tutti gli altri, tutti quelli che ho avuto. Se gli dici una cosa la fa e la fa subito bene. È monopensiero, monotematico: pensa al tennis. Per di più ha il fisico dalla sua. E si trova in un ambiente che fa capo a me, che sono monotematico: penso solo al tennis. Ci sono tutte le condizioni perché si possa esprimere. Ho la consapevolezza che deve lavorare non tanto: tantissimo. Ma lo sta facendo. L'altro giorno, eravamo ad Halle: ha giocato un'ora con Richard Gasquet, un'ora con l'argentino Pella e un'ora e mezza con Sasha Zverev, con in campo il suo coach Ivan Lendl (al quale poi ho chiesto un punto di vista, suggerimenti, indicazioni...). Poi ha svolto anche tutta la sessione di atletica. Tutti i giorni sono così. E non mi chiede mai di fermarsi.

Un'altra cosa importante: per lui il tennis è un gioco. Lo vive come un gioco. Non è un lavoro. Gli piace giocare a tennis. Non gioca a tennis perché vuol farsi bello, ma perché vuol colpire quella "c***o di palla", andare veloce, andare a fare il punto. L'ho portato ad Halle e giocava con i primi del mondo ma quando verrà all'Elba a giocare con dei ragazzini per lui sarà uguale, non cambierà niente. Giocherà con mio figlio Rocco con la stessa attenzione con cui giocava con Zverev. Quindi è molto avanti sotto questo aspetto.

Il capo del team è Jannik. Io faccio tutto il lavoro tecnico, tattico e prendo le decisioni sull'attività. Poi a seconda delle settimane mando in giro Andrea Volpini, Cristian Brandi o Massimo Sartori. Per la preparazione atletica il responsabile è Dalibor Sirola; quando non c'è lui c'è Massimiliano Pinducciu (che è anche l'allenatore fisico di Seppi). Per la parte di osteopatia ci sono Claudio Zimaglia e Alfio Caronti. La fisioterapista è Nicole Gelio. Sul campo da tennis con lui ci sono sempre io e le indicazioni tecniche sono le mie. Così la linea è una sola. Quando ci sono dei cambiamenti tecnici, li spiego prima a lui e poi a tutti gli altri. Quest'inverno per esempio Jannik ha cambiato il servizio e abbiamo lavorato sulla mano sinistra nel diritto.

L'esperienza sull'erba è stata importante perché è la superficie su cui ho visto il prototipo di giocatore che sarà Jannik. Un giocatore di servizio, di primo colpo e che deve venire a rete. Alla risposta, sulla seconda di servizio dovrà rispondere per comandare. E alla prima palla buona deve venire avanti a chiudere il punto a rete. L'attitudine offensiva lui ce l'ha. Deve migliorare ancora il servizio e le volée. Ma fra due anni giocherà così. Sarà un giocatore d'attacco, sarà lui a fare gioco, lui a vincere le partite. Non aspetterà che gli altri gliele regalino. Per questo credo che arriverà a un livello alto. Molto alto.

Difficile sintetizzare meglio di così il percorso di Sinner per diventare Sinner, negli anni di quella che potremmo definire la sua "università" tennistica, da quell'autunno 2015 in cui si trasferì a Bordighera al febbraio del 2019 in cui avrebbe vinto il suo primo ATP Challenger e cominciato la scalata che prima della fine dell'anno lo avrebbe visto entrare, a soli diciotto anni, tra i primi 100 giocatori del mondo.

La vita quotidiana, pane e incordature

La vita quotidiana a Bordighera ha sempre avuto più o meno gli stessi ritmi, con un significativo momento di passaggio quando nel 2017 nacque il Piatti Tennis Center, sempre a Bordighera ma nell'entroterra. Un impianto con palestra e 4 campi in duro (due coperti fissi) dove tutto il team si trasferì dopo quel primo periodo allo storico TC Bordighera. Jannik crescendo lasciò casa Cvetkovic per andare a vivere con altri due ragazzi in un appartamento, 5 minuti a piedi dai campi da tennis. A ciascuno la sua cameretta e cucina condivisa. È lì che entrano, sempre nel 2019, le telecamere di SuperTennis, il canale televisivo della FITP, andando… "Alla scoperta di Sinner".

Dopo un giro in cucina, dove Jannik confessa che in tre ogni tanto «è un po' un casino» e racconta che la colazione di solito è a base di «fette biscottate, panini prosciutto e formaggio», si entra nella sua stanzetta. Oltre al letto c'è una bella scrivania dove studia. È iscritto all'Istituto Walter di Bolzano, scuola paritaria a indirizzo economico (sin dal suo trasferimento a Bordighera il lavoro è concordato con il preside). Insieme al materiale scolastico sul piano di lavoro c'è la scatola con le corde per le sue racchette, il pc portatile e tanti flaconi di liquido per le lenti a contatto (anche lui, come Djoković, ha problemi di vista e deve utilizzare lenti correttive per giocare. Fuori dal campo spesso porta gli occhiali). Sul televisore è stesa una t-shirt bianca con la scritta: *Life is simple: eat, sleep and play tennis*. La vita è semplice: mangia, dormi e gioca a tennis. Che sia stato lui stesso a farla stampare?

Resta solo lo spazio per un tavolino di laminato bianco su cui è fissata una delle più strane macchine incordatrici viste in quegli anni. Jannik, per risparmiare, si monta le corde da solo «perché pagare due incordature nuove al giorno è troppo». Giusto per capirci: il costo della manodopera qualificata (non in nero) è mediamente di 10-12 euro a montaggio, ovviamente corda esclusa. E lui ne spacca tante. Così, uno dei primi acquisti a Bordighera è stata la Pro Stringer che mostra: «L'ho comprata su internet. Ne ho guardate un po' e poi ho scelto questa».

È forse la più piccola macchina incordatrice elettronica del mondo: sta tutta in una specie di portascarpe, appena più voluminoso. È alta 17 centimetri, larga e profonda 9 centimetri e pesa solo 4,4 libbre (2 kg). Viene fornita con tutti gli accessori e sul sito si trovano non solo le spiegazioni di montaggio (a occhio molto semplice, più di una libreria dell'Ikea) ma anche quelle per incordare la racchetta. E Jannik candidamente non ha fatto altro che leggerle, quelle spiegazioni, e con il suo pragmatismo altoatesino metterle in pratica giorno dopo giorno.

Impiega 20 minuti a racchetta, guadagnati per pensare ad altro, magari tornare col pensiero al gesto del servizio (potenziato) o ripassare la distanza dalla palla sul diritto.

Piccoli dettagli, come i pezzettini di tessuto misterioso che per un periodo ha piazzato sotto le corde verticali centrali della sua Head Speed (che incorda a una tensione altissima, 28 kg, con sintetico monofilamento Head Hawk Touch calibro 1,30).

Le giornate, come si diceva, hanno ritmi cadenzati: dopo la colazione del mattino, in due minuti Jannik arriva al centro a piedi. Fa il suo warm up, un riscaldamento in cui muove un po' tutti i muscoli, fa qualche esercizio di stabilità. Poi va a giocare a tennis, per tre ore. Il lavoro al pomeriggio cambia tutti i giorni: potenza, forza o ancora stabilità.

Stefano Ramponi, il preparatore fisico che lo segue quando non c'è Dalibor Sirola, inquadra l'atteggiamento di Jannik in poche ma chiare parole: «Quando si tratta di lavoro è concentrato al 100%. Va dritto: non c'è niente che si può mettere tra lui e quello che vuole fare. In realtà però è un ragazzo normalissimo, simpatico, con cui si può scherzare».

A Sinner piace scherzare con gli amici, per esempio con Lorenzo Ferri, uno dei due ragazzi con cui condivide la casa. Quando va in campo, però, con lui non si scherza. Gli obbiettivi concordati con il suo coach vengono perseguiti giorno dopo giorno anche durante i tornei.

Si va in giro per il mondo

Nel 2016 la programmazione prevede un mix di attività giovanile italiana e internazionale. Gioca 23 tornei per un totale di 50 partite in singolare. Nessun risultato particolarmente significativo: vince un torneo di Terza categoria in Liguria, al Tennis Club Toirano; supera due volte le qualificazioni in tornei ITF under 18 (lui compie sedici anni il 16 agosto), a Maribor in Slovenia a fine agosto e a El Menzah in Tunisia all'inizio di novembre. Passa le "quali" anche ai Campionati Italiani under 16 di Sanremo, quelli che aveva affrontato da solo, andando in treno avanti e indietro da Bordighera, dove viene sconfitto da Federico Arnaboldi che in quell'anno si era imposto al Trofeo Avvenire under 16 del Tennis Club Ambrosiano, una delle gare più importanti al mondo per quella categoria d'età.

Si sviluppa proprio in questo periodo la collaborazione tra il team di Riccardo Piatti e il Settore tecnico FITP per i tornei internazionali. Riuscire a seguire bene tanti ragazzi in giro per il mondo non è facile e trovare delle sinergie è fondamentale.

Proprio a El Menzah in Tunisia Sinner è affiancato dal Tecnico nazionale FITP Nicola Fantone, che così ricorda quei momenti:

> Lavoro con la Federazione da diciotto anni e ho avuto a che fare con Jannik in tre fasi: prima quando ero responsabile tecnico del settore under 12, poi nei primi raduni che facevamo a Tirrenia: l'ho visto le prime volte quando lui era piccolo. Poi c'è la fase un po' più importante, quando Jannik aveva quindici anni. In quel momento noi in Italia avevamo quattro Centri Tecnici Permanenti che io coordinavo. Quando noi del Settore tecnico andavamo all'estero con i nostri ragazzi per giocare i tornei del circuito internazionale ITF spesso portavamo anche i ragazzi di altri insegnanti. Con Jannik è successo che Riccardo Piatti, con cui ho un ottimo rapporto da anni, aveva nella sua programmazione più di un torneo in cui non poteva far seguire Jannik dai suoi allenatori. Quindi stabilimmo insieme che in un certo numero di gare sarebbe venuto con me. Riccardo, d'accordo con Michelangelo Dell'Edera, scelse questa strada. Così ho seguito Jannik per diversi tornei under 18 ed è stata una fase molto interessante perché, a quell'epoca, Jannik aveva solo quindici anni, non si immaginava ancora che potesse diventare quello che è adesso.
>
> Il primo torneo che abbiamo affrontato insieme è stato in Tunisia a fine 2016: eravamo io, Jannik e inizialmente un insegnante dell'accademia di Riccardo Piatti. Me lo ricordo bene perché in quel torneo c'era anche Roberto Binaghi, il figlio del presidente della FITP, che andava a caccia dei primi punti per la classifica mondiale ITF. Jannik non era in gran forma in quei giorni, fisicamente era minuto e aveva due anni meno di lui. Quando, d'accordo con Riccardo, proposi a Binaghi di fare

il doppio con Sinner lui mi guardò e mi disse: mi fai giocare in coppia con un bambino? Gli risposi: non ti preoccupare, il bambino gioca bene. Arrivarono in semifinale.
Poi nel 2017 siamo stati insieme nei due tornei che Jannik ha giocato in Qatar a fine marzo. Veniva da una serie di prove ITF juniores in cui non riusciva a superare le qualificazioni. Erano tornei per under 18 e lui avrebbe compiuto sedici anni in agosto. Si giocavano due tornei consecutivi a Doha, sul veloce. Al primo lo aveva accompagnato la sua osteopata/fisioterapista. Fu eliminato al primo turno delle "quali". D'accordo con Riccardo rimase lì con me per il secondo. In quella stagione Riccardo mi aveva chiesto di curare alcuni aspetti di Jannik quando era con noi e mi aveva chiesto di farlo stare in camera con me.

La prima vittoria internazionale, con la sciarpa del Napoli

Nicola Fantone, al tempo coordinatore dei CTP, i Centri Tecnici Permanenti, prosegue il suo racconto:

Come dicevo, veniva da un periodo in cui vinceva poco. Alla fine del primo torneo, quando perse, gli chiesi come si sentiva, come stavano andando le cose. Mi rispose: «È una vita che ho scelto io. So che in questo momento le cose non vanno benissimo ma è una mia scelta, quindi tutto bene». Io scherzando gli dissi: «Guarda che se vuoi vincere qualche partita un modo ce l'hai». E lui: «Dimmi qual è». E io: «Se nelle prossime partite a ogni cambio di campo tu mi guardi e dici "Forza Napoli!", vedrai che le cose andranno meglio». Da lì cominciammo

a scherzare su questa cosa perché a lui piaceva un sacco scherzare. Così sin dai primi turni di qualificazione del secondo torneo Jannik, quando cambiava campo, mi guardava e sottovoce diceva: «Forza Napoli!» Si qualificò per il tabellone principale e, ridendo e scherzando, arrivò in semifinale. La sera in camera parlavamo sempre mentre lui si incordava le racchette e io a quel punto gli dissi: «Beh, adesso sei in semifinale, guarda che se per caso vinci ti fai la foto con la sciarpa del Napoli. So che sei tifoso del Milan: questa foto se tu vinci me la terrò per me, quando crescerai, come un pegno». Lui vinse il torneo. Vinse 8 partite di fila tra qualificazioni e main draw. In finale superò il francese Harold Mayot: fu la sua prima vittoria a livello internazionale. E si fece fare la foto con la sciarpa del Napoli: come promesso, la conservo per me.
In quei tornei spesso era lui che insegnava delle cose a me: la sera, dopo cena, veniva in camera, si incordava le racchette e quando erano le 21.30, al massimo le 22.00 mi chiedeva di spegnere la luce. Il giorno dopo avremmo dovuto alzarci presto per allenarci, mi spiegava, e quindi dovevamo riposare. Terminato quel torneo Riccardo mi chiese se potevo portarlo la mattina successiva in aeroporto. Io dovevo rimanere ancora in Qatar mentre lui doveva andare a giocare un torneo a Malta. Lo accompagnai in aeroporto e lui se ne andò da solo a Malta. Riccardo mi disse che quello era il suo grande successo di quella settimana perché era un po' preoccupato che Jannik da solo non se la sapesse cavare. Invece lui se ne andò a Malta e arrivò al circolo direttamente senza neanche chiamare il taxi. Nel circuito dei tornei internazionali under 18 ci siamo incontrati spesso. Quando Riccardo avvertiva che Jannik era iscritto e c'ero anch'io con altri ragazzi, anche se era accompagnato da Andrea Volpini o da altri maestri, ci trovavamo e collaboravamo. Mi ri-

cordo che siamo stati insieme anche in un torneo in Macedonia. Una cosa che mi ha sempre colpito di Jannik, e che faccio presente a molti dei miei ragazzi anche adesso, è che lui quando era in gruppo con ragazzi e ragazze di qualsiasi livello, che facessero parte della struttura di Riccardo o che fossero dei nostri Centri, con chiunque lo mettevi a giocare, giocava. Non ha mai fatto lo schizzinoso, giocava davvero con tutti. Riccardo mi chiedeva di parlare con gli altri allenatori per fare in modo che, quando lui veniva eliminato nei tornei, giocasse tanto, facesse da sparring a tutti, il più possibile. Quindi passava le giornate sempre in campo, a giocare con tutti questi ragazzi che venivano da tutte le parti del mondo. Anche il rapporto tra lui e i suoi genitori era davvero molto bello. Quando Jannik vinse la semifinale in Qatar, chiamò a casa. Disse alla mamma: «Sai mamma, oggi ho vinto». E lei semplicemente gli rispose: «Bravo che hai vinto. Noi stiamo lavorando. Dai, divertiti. Ciao». Un rapporto semplice e molto asciutto, diverso da quelli che si vedono tra tanti ragazzi che fanno i tornei e le loro famiglie. Quello che si dice di lui, della sua semplicità e umiltà, è assolutamente vero. È sempre stato così, fin da quando era giovanissimo.

Arriva il primo scudetto, in doppio

Dopo quel primo successo a Doha, Sinner continua a frequentare le tappe del circuito mondiale ITF Juniores, passando per le più classiche in Italia: quella al Tennis Club Salsomaggiore (dove supera le qualificazioni e si ferma al secondo turno del tabellone principale), quella del Tennis Club Prato (dove raggiunge addirittura le semifinali) per approdare al Trofeo Bonfiglio, i Campionati Internazionali d'Italia juniores (dove viene eliminato al 1° turno). Avrebbe fatto nuovamente centro nel finale di stagione, in un torneo ITF under 18 organizzato a El Prat, in Spagna, dall'Academia Sánchez-Casal, battendo in finale un altro italiano, Giuseppe La Vela, palermitano classe 2000, che oggi si allena alla Vavassori Tennis Academy e nel 2024 è arrivato al n° 685 della classifica ATP.

In una stagione in cui avrebbe disputato 21 tornei, giocando 61 partite, l'unico passaggio nella sua categoria naturale, gli under 16, è quello dei Campionati Italiani, organizzati dalla Canottieri Mincio di Mantova a inizio ottobre. Nel cammino fino alla finale batte Tommaso Pace, Alberto Giuliani, Matteo Arnaldi e Michele Vianello, lasciando per strada solo 11 games in quattro partite. In finale però trova Giulio Zeppieri, allora allenato a Latina da Piero Melaranci, che gli impedisce di prendersi lo scudetto, superandolo con un netto 6-3 6-3. Arriva comunque il primo tricolore, nel torneo di doppio che Jannik gioca insieme allo stesso Zeppieri, oggi allenato da Massimo Sartori (che nel 2020 ha aperto una sua accademia al Circolo Tennis Vicenza) e ormai a un passo dalla Top 100 mondiale.

Il primo punto ATP

All'inizio del 2018 arriva un'altra svolta. Sinner comincia la stagione in Egitto, giocando quattro tornei ITF Futures a Sharm el-Sheikh. Non si tratta più delle prove giovanili per under 18. I Futures sono le prove d'ingresso al mondo del professionismo. I montepremi sono modesti (15.000 o 25.000 dollari), ma quello che offrono di molto più prezioso è la possibilità di conquistare punti per il ranking ATP e cominciare a scalare la classifica. Jannik perde tre volte nelle qualificazioni, ma nell'unica occasione in cui entra direttamente nel tabellone principale batte al primo turno l'indiano Aryan Goveas. Un successo che vale il primo punto ATP della sua carriera. Il suo nome compare per la prima volta nella classifica mondiale il 12 febbraio 2018, al n° 1592.

Nella sua autobiografia Riccardo Piatti racconta che all'indomani di quel piccolo traguardo raggiunto ricevette una telefonata dall'Egitto. Era Jannik che gli diceva che non voleva più fare tornei juniores, anche se aveva solo sedici anni.

Il coach comasco gli disse che era d'accordo con lui ma che doveva mettersi in testa che sarebbe stata un'annata difficile. Una scelta del genere poteva significare prendersi delle sberle in faccia. Si rischiava di cadere.

Sinner era convinto di riuscire a cavarsela e Piatti rilanciò, dicendosi convinto anche lui che potesse farcela ma che voleva che Jannik raggiungesse a fine anno una classifica che gli permettesse di entrare nei tabelloni dei tornei ATP Challenger, un livello ben superiore come montepremi (dai 50.000 ai 175.000 dollari) e qualità degli avversari, l'ultimo step prima del circuito maggiore.

Nel corso dell'anno Sinner avrebbe giocato 24 tornei (58 partite), con una sola deroga dall'intento annunciato a Sharm el-Sheikh: il Trofeo Bonfiglio - Campionati Internazionali d'Italia juniores al TC Milano in maggio. In quella sua ultima gara del circuito giovanile ITF, unica parificata agli analoghi tornei di Melbourne, Parigi, Wimbledon e New York, avrebbe raggiunto i quarti di finale. Ai quattro Slam giovanili non sarebbe mai andato e la sua migliore classifica mondiale under 18 sarebbe stata di n° 133. Poco gli importava. Aveva ben altri obbiettivi e li perseguiva con grande determinazione. Ciononostante, non sarebbe riuscito ad arrivare a fine anno al livello di classifica che gli aveva indicato Piatti.

Avrebbe raggiunto la sua prima finale in un Futures, l'Italy Futures F23 di Santa Cristina in Val Gardena, nel mese di agosto. Battuto nel match decisivo dal tedesco dal Peter Heller, vinse però il doppio, insieme con il coetaneo e amico triestino Giacomo Dambrosi, anche lui allenato a Bordighera da Riccardo Piatti per un periodo (poi al Centro Tecnico Nazionale di Tirrenia con Mosè Navarra), che ha raggiunto il n° 671 del mondo prima di essere fermato da un serio infortunio ai piedi.

Arrivano comunque le prime esperienze anche a livello Challenger, grazie a delle wild card, gli inviti a disposizione degli organizzatori per giocatori da inserire in tabellone a loro discrezione, indipendentemente dalla classifica.

Il primo ATP Challenger è quello dell'Aspria Harbour Club di Milano. Poi Jannik ci prova in quelli di Como, Genova, Biella, Ortisei e Andria. Vince una sola partita, nella "sua" Ortisei, battendo al primo turno un altro italiano, Luca Giacomini. La classifica ATP al 31 dicembre 2018 non basta ancora per entrare direttamente in quei tabelloni, cui hanno accesso quasi garantito solo i Top 200: lui è ancora solo n° 551 del mondo.

Dal buio in Tunisia al botto di Bergamo

Dopo la classica preparazione nel periodo prenatalizio e i pochi giorni di pausa per le feste, Jannik riparte: dal 14 al 20 gennaio 2019 lo aspetta il primo Futures da 15.000 dollari sui campi in duro di Monastir. Un avvio complicato, come ci racconta ancora il tecnico FITP Nicola Fantone, testimone oculare:

> Ci siamo trovati di nuovo insieme in Tunisia all'inizio del 2019. Io seguivo Emiliano Maggioli e Sinner era lì con Cristian Brandi: la trasferta prevedeva tre tornei consecutivi a Monastir. In quell'anno avrebbe fatto il salto di qualità, ma in quei primi tre tornei perse al secondo turno del main draw, al primo turno del main draw e di nuovo al secondo turno del main draw. Perse partite con avversari che non c'entravano niente con il suo livello. A me e a Cristian Brandi sembrava impossibile: giocava nettamente meglio degli altri, ci domandavamo cosa stesse facendo. Di sicuro nessuno si sarebbe aspettato quello che sarebbe successo nei mesi a venire. Dopo quei tornei mi sentii con Riccardo e gli raccontai quello che avevo visto. Lui ascoltò, mi disse che il prossimo torneo di Jannik sarebbe stato in Kazakistan prima di tornare in Italia per il Challenger di Bergamo, dove gli avevano dato una wild card, e il torneo ITF di Trento. Ad Aktobe, in Kazakistan, arrivò in semifinale. Poi tornò in Italia e fece il botto.
>
> Quelli in Tunisia furono i tornei in cui stava per avvenire il passaggio tra un giocatore che stava cercando la sua strada e il Sinner che avrebbe chiuso l'anno tra i primi 100 giocatori del mondo. Alla vigilia della partenza per la Tunisia, Riccardo mi aveva detto che lui vedeva Jannik pronto per il salto di qualità. Quindi probabilmente Sinner è andato in Tunisia con delle aspettative su se stesso molto alte, voleva subito dimostrare quello che poteva fare. Poi a Monastir ha trovato delle condizioni un po' complicate, perché spesso tirava un vento piuttosto forte, e non è riuscito a esprimersi. Lo vedevo: quando usciva dal campo era di un incavolato che non lo si può im-

maginare. Non riusciva ad accettare quello che stava succedendo e me lo disse apertamente: «Guarda, sono incazzato nero perché sento che dovrei fare il salto di qualità adesso». Il salto di qualità lo fece due settimane dopo.

La cosa più impressionante me la disse Andrea Pellegrino dopo avere incontrato Jannik in finale a un Futures ITF a Pula a fine marzo di quel 2019. Aveva perso 6-1 6-1. Mi disse: «Non ho perso 6-1 6-1 perché ho giocato male ma perché ho trovato un giocatore che rispetto a quando l'avevo visto tre settimane prima a Bergamo ha messo non la quinta marcia ma la decima. Tira forte e non sbaglia mai». Riccardo mi confermò che anche a Bordighera avevano visto un cambiamento impressionante: chi era abituato ad allenarsi con lui non riusciva più a stargli dietro. Una trasformazione rispetto a quei tre tornei in Tunisia che sembrava impossibile. Come se a un certo punto si fossero allineati tutti i pianeti. Non posso dimenticare quello che Riccardo mi ripeteva quando ero io ad accompagnare Jannik nei tornei: «A me interessa che tu mi dica se lui prova a fare in campo quello che gli sto chiedendo adesso, quello per cui ci stiamo allenando». La bravura di Riccardo e di Jannik è che loro sono sempre stati concentrati sul miglioramento e non sul risultato. È così che Sinner ha acquisito quella mentalità che ancora oggi si porta dietro.

Dopo queste considerazioni di Nicola Fantone torniamo alla metà di febbraio del 2019. Sinner reduce dalla semifinale in Kazakistan si presenta a Bergamo da n° 546 della classifica mondiale, accompagnato da Andrea Volpini e dal preparatore fisico Dragoljub Kladarin. Un piccolo oggetto misterioso che ha ricevuto una delle tre wild card a disposizione della Federazione Italiana Tennis per partecipare a un torneo Challenger, il trofeo FAIP-

Perrel, dove i favoriti sono tutti giocatori tra i primi 200 del mondo e la testa di serie n° 1 è il russo Evgeny Donskoy, n° 96.

A incuriosire il pubblico bergamasco però sono gli altri due giovani italiani invitati dalla FIT: Lorenzo Musetti, che arriva da Melbourne con in tasca il titolo juniores degli Open d'Australia, e Giulio Zeppieri, suo grande amico, che gli ha conteso il passo in semifinale a Melbourne e insieme a lui ha raggiunto le semifinali anche nel torneo di doppio. Non a caso la partita del primo turno di Sinner contro l'austriaco Lucas Miedler, n° 277 del mondo, non viene nemmeno programmata sul campo centrale ma su quello secondario.

Fu promosso ai primi riflettori del Palasport di Bergamo per il secondo turno contro Salvatore Caruso, n° 172 del mondo, vinto in tre set, e sotto quei riflettori rimase diventando man mano il centro dell'attenzione con i successi sul croato Viktor Galović (n° 224), su Gianluigi Quinzi (n° 151) nei quarti di finale e sul francese Tristan Lamasine (n° 301) in semifinale.

Il direttore del torneo, Marco Fermi, ricorda che «dopo il suo match dei quarti di finale una delle sue scarpe aveva la suola staccata, ma Jannik voleva a tutti i costi continuare a giocare con quelle, senza sostituirle. Così, mia moglie corse a portarle da un calzolaio in città, che le riparò durante la notte fra venerdì e sabato». Ricorda anche l'atteggiamento di Sinner quella settimana: «Era l'unico che non si lamentava mai degli orari degli allenamenti. Era disposto ad allenarsi anche alle 7 del mattino, pur di trovare un campo per giocare. Più di una volta aprimmo il palazzetto in anticipo solo per lui».

Aveva giocato tutte le partite da outsider e partiva sfavorito anche in finale contro Roberto Marcora, n° 250 del mondo, allora ventinovenne, lombardo di Busto Arsizio. Eppure non ci fu partita neanche con lui: Jannik dai quarti di finale in poi lasciò ai suoi avversari 14 game in tutto.

Prese quella vittoria, che avrebbe rappresentato l'inizio della sua "grande storia", come una cosa normale. La sera di quella domenica 24 febbraio andò a cena con Volpini e Kladarin in un ristorante *all you can eat*. Ricorda il trainer: «Non festeggiò affatto, mangiò poco e pareva non fosse entusiasta. Solo soddisfatto, ma senza esaltazione».

La serie vincente e la prima sfida con Alcaraz

Forse stava già pensando che la mattina successiva doveva partire per Trento, dove nell'impianto dell'ATA Battisti lo aspettava un torneo ITF da 25.000 dollari. E, dopo lo strepitoso quanto inatteso successo di Bergamo, lo attendeva ben altra attenzione.

In una settimana aveva guadagnato più di 200 posti in classifica, salendo al n° 324: un salto impressionante. Ma non si fermò. La settimana dopo era diventato n° 322 grazie al trionfo a Trento, dove aveva battuto in finale il tedesco Jeremy Jahn, n° 387.

La serie di partite vincenti (alla fine sarebbero state 16) continuò a fine marzo alla Forte Village Sports Academy di Pula, dove Sinner incassò un altro titolo ITF da 25.000 dollari, questa volta superando in finale Andrea Pellegrino, n° 345 del mondo. Quel 6-1 6-1 oggetto della telefonata con il tecnico Nicola Fantone cui abbiamo fatto cenno in precedenza.

Tempo di mettere in valigia il trofeo e Jannik è all'ATP Challenger sulla terra battuta di Alicante, da n° 319 del mondo. Il tabellone gli mette di fronte al primo turno uno più giovane di lui. Il torneo ha infatti offerto una wild card a un ragazzino che deve ancora compiere sedici anni ma in Spagna fa già parlare tanto gli addetti ai lavori. Si chiama Carlos Alcaraz ed è esuberante come un giovane Nadal, il campione per il quale gli spagnoli stanno cercando di coltivare un erede. Alcaraz prende la partita con Sinner come la prima grande sfida della sua carriera. E la vince, dopo una battaglia durissima: 6-2 3-6 6-2. Allora nessuno lo sa, ma quel giorno si inaugura una delle grandi rivalità del tennis contemporaneo.

La sconfitta rode a Sinner, che coglie subito la sostanza dell'avversario. Le priorità però in quel momento sono altre: c'è un lungo cammino da percorrere e siamo solo all'inizio. Siamo all'epoca delle prime volte.

La prima volta a Roma

Nell'ultima settimana di aprile Jannik vince la sua prima partita nel tabellone principale di un torneo ATP 250, l'Hungarian Open di Budapest. Era stato sconfitto nell'ultimo turno delle qualificazioni dal tedesco Yannick Maden ma viene ripescato come Lucky Loser (fortunato perdente). Al primo turno del main draw supera in tre set l'ungherese Máté Valkusz, n° 323 ATP, prima di essere eliminato dal serbo Laslo Djere, n° 33.

Da Budapest vola a Ostrava, in Repubblica Ceca, per un altro ATP Challenger dove oltre a conquistare il titolo ottiene il primo successo contro un giocatore Top 100, il ceco Jiří Veselý, n° 91 del mondo.

Siamo ai primi di maggio e arriva il momento della prima volta più importante. Sinner affronta il torneo di prequalificazione agli Internazionali BNL d'Italia. La prova è la punta dell'iceberg della manifestazione tennistica più partecipata al mondo. Alle prequalificazioni del Foro Italico partecipano i vincitori dei tornei Open BNL giocati nei mesi precedenti in tutte le regioni d'Italia: gli iscritti nel 2019 sono stati 20250, superando il record del 2018, quando erano stati 15759. I tabelloni di singolare vengono poi completati dai giocatori e dalle giocatrici invitati dal Settore tecnico nazionale. Sinner è uno di questi, testa di serie n° 2 dietro a Filippo Baldi, n° 1.

Al vincitore del torneo maschile di singolare andrà la wild card per il tabellone principale degli Internazionali BNL d'Italia (e in caso di ammissione diretta in tabellone di Andreas Seppi, che in quel momento è il primo dei tennisti in lista d'attesa, anche il finalista riceverà una wild card per il main draw). Le prequalificazioni assegneranno inoltre altre quattro wild card per le qualificazioni degli IBI.

Jannik arriva facilmente in semifinale, dove l'aspetta Lorenzo Musetti, l'altra giovanissima stella azzurra, un anno più giovane di lui, campione degli Open d'Australia juniores. Sono passati sei anni da quel loro primissimo faccia a faccia ai campionati italiani under 12. Troppi per rappresentare un'indicazione tecnico-tattica alla vigilia dell'incontro. Ne esce una partita bellissima e tiratissima che nessuno dei due vuole perdere e che Sinner alla fine vince con merito. Il punteggio in questo caso è emblematico di quello che si vede in campo: 7-6(5) 6-7(6) 6-3.

Sinner va in finale, contro Andrea Basso, a giocarsi il posto nel tabellone principale del torneo. Perde in tre set ma Seppi viene ammesso direttamente al tabellone grazie al fatto che il polacco Hubert Hurkacz, sconfitto negli ottavi a Madrid, non ha diritto a uno Special Exempt (ammissione diretta riservata a giocatori che essendo impegnati nelle semifinali o finali di altri tornei non potrebbero giocare le qualificazioni) ma deve passare dal tabellone di "quali". E quindi nel main draw c'è posto anche per Sinner.

Il sorteggio gli riserva un avversario solido, esperto: lo statunitense Steve Johnson. Il teatro è quello dei sogni, quello sulle cui tribune nel 2013 Jannik si fece fotografare dal maestro "Hebbi" Mayr: il campo centrale.

Una giornata speciale che merita di essere rivissuta in diretta, con le emozioni della cronaca che chi scrive pubblicò pochi minuti dopo l'epilogo del match sul sito SuperTennis.tv.

Roma, Campo Centrale: Jannik Sinner, diciassette anni, n° 262 del mondo, zazzera rossa sotto il berrettino girato al contrario, è sotto 1-4 al terzo set contro l'americano Steve Johnson, ventinove anni, n° 59. È il suo esordio assoluto a questo livello, ATP Masters 1000, in uno stadio di 10.500 posti (per quanto non ancora affollatissimo), nel torneo simbolo della storia del nostro tennis. Ha tutti gli occhi del mondo addosso perché è l'under 18 con la migliore classifica a livello planetario, perché c'è la curiosità di vedere il ragazzino alle prese con i grandi. Perché all'inizio dell'anno era n° 549 e si cimenta con un energumeno californiano che due anni fa era n° 21 del mondo.

Ha preso una "stesa" nel primo set. Ha restituito la cortesia al colosso americano nel secondo. Poi però quello ha deciso di ristabilire le gerarchie. Ma lui, un grissino altoatesino rispetto a quell'omone, non ci sta. E anche in pesante svantaggio non molla. Fa gioco, rischia. Spara vincenti.

Dopo una meravigliosa combinazione chiusa con un rovescio lungolinea, preso dalla borsa degli attrezzi di Djoković, Jannik fa il pugno e arriccia il naso, di orgoglio e tenacia. Evvai. In perfetta sintonia, un gruppo di ragazzini in tribuna scatta in piedi, si but-

ta contro la balaustra della tribuna, stringe il pugno, lo agita. Dai Sinner, sei uno di noi.

È un entusiasmo gioioso e contagioso. Un collante naturale che solo certi esseri emanano. Una magia. A Roma se lo ricorderà quel ragazzino, oggi più che ventenne, che andò correndo verso Nadal, a bordo campo in un momento chiave della finale tra lo spagnolo ventenne e Federer nel 2006. Anche il Rafa in canottiera era in svantaggio e non voleva mollare. Salvò una disperata palla break e urlò fortissimo: Vamos! Guardando verso il pubblico vide questo bimbo che urlava con lui: Vamos!

Quel che è successo dopo è storia del tennis. Quella straordinaria partita vinta al quinto set dopo aver salvato due match point, quella straordinaria rivalità, quei 17 titoli del Grande Slam. Il sostegno di un mondo di ragazzi che vedevano in Nadal l'energia indomabile che sfidava l'aplomb adulto di Federer l'elegantone.

Quel tipo particolare di alchimia si è ricreata oggi a Roma tra i ragazzini sulla tribuna Monte Mario e il ragazzino di Sesto Pusteria. Un fatto istintivo. Il riconoscimento di un leader. Certo Steve Johnson non è Roger Federer; e un primo turno non è una finale. Ma da quell'1-4 si è vista una presa di possesso del campo del giovanissimo davvero impressionante. Lo stile era quello di Djoković non quello di Nadal. Diagonali di rovescio tracciate col laser. Sventagli di diritto fulminanti, sulle righe.

Rimonta quindici dopo quindici. Facendo i punti e mai aspettando un errore altrui. E i ragazzini impazziti in tribuna a tifare. E i sorrisi degli italiani adulti, sugli spalti, meravigliati a vedere un cucciolo della loro specie così capace di prendersi responsabilità, di comandare. Di esprimere, senza sforzo, un gioco di quella meraviglia.

Sarebbero rimasti ancora più a bocca aperta se avessero potuto assistere alla conferenza stampa cui Jannik si è sottoposto, come di prammatica, pochi minuti dopo la partita. Era per nulla stupito della propria performance. Tranquillo, come se stare davanti a quei microfoni da vincente fosse la cosa più naturale. Proprio come firmare gli autografi sui palloni e sulle palline a fine partita.

Naturale come vincere quella partita, perché lui con il suo team, quello di Riccardo Piatti, Massimo Sartori e Andrea Volpini che lo segue nel Tour, «avevano studiato le partite di Johnson e quindi sapeva di poterlo battere» (!). Ovvio come affrontare al prossimo round un fenomeno come Stefanos Tsitsipas, fresco n° 7 del mondo, capace di battere Nadal a Madrid.

«Sarà difficile, sta giocando molto bene. Però ho un vantaggio: io conosco lui ma lui non conosce me». Beata sfrontatezza dei diciassette anni. O forse è la tranquillità di chi è cresciuto tennisticamente dove si allenano i campioni. Se tiri il rovescio, rispondi al servizio e provi dei set tutti i giorni a Bordighera con Djoković, Ćorić o Raonic non puoi aver paura di Steve Johnson. E forse è normale che tu non abbia paura di nessuno. Sei Jannik Sinner, signori. E tanto basti.

Stefanos Tsitsipas, nel turno successivo, si sarebbe rivelato davvero troppo solido per quel Sinner esordiente a livello di Masters 1000, ma il 6-3 6-2 con cui andò agli annali l'incontro con il greco non fu una batosta bensì una presa di misure. Un anno dopo, stesso torneo, i ruoli di vincitore e vinto sarebbero stati invertiti.

La prima volta sull'erba

La serie delle prime volte però continua e va veloce: in giugno, con Jannik salito al n° 219 del mondo, arriva la prima volta sull'erba con le qualificazioni superate al torneo ATP 250 di 's-Hertogenbosch in Olanda, battendo lo slovacco Lukáš Lacko n° 139 e il nostro Thomas Fabbiano, n° 104 del mondo. Non si trova subito a suo agio sui prati, Sinner, ma l'esperienza è importante per il futuro, come tutto quello che sta facendo giorno dopo giorno. Al primo turno del tabellone principale si deve arrendere al cileno Nicolás Jarry, n° 60 del mondo, dotato di un servizio veramente esplosivo che su quel terreno fa la differenza.

Non andrà meglio nelle qualificazioni dell'ATP 500 di Halle e in quelle di Wimbledon, un'altra prima volta difficile da dimenticare anche se dura solo tre set, sull'erba di Roehampton: è l'australiano Alex Bolt che dimostra di saperne più di lui di tennis sul verde.

Il primo torneo del Grande Slam

Per la prima volta nel tabellone principale di un torneo del Grande Slam bisogna aspettare fine agosto. Jannik ci arriva dopo aver compiuto diciotto anni (ricordiamo, il 16 agosto è il suo compleanno) e con la classifica di n° 137 del mondo, maturata grazie all'ennesimo successo a livello Challenger, sui campi duri di Lexington nel Kentucky. In finale, tra l'altro, Sinner si prende la rivincita nei confronti di Alex Bolt, battendolo in tre set.

Sui campi in Laykold del National Tennis Center di Flushing Meadows, intitolato alla grande campionessa Billie Jean King, gli toccano le qualificazioni, come a Wimbledon, ma Sinner è pronto. Supera nell'ordine Matteo Viola, il croato Viktor Galović e lo spagnolo Mario Vilella Martínez. E stacca il pass per un palcoscenico dei sogni.

La sorte completa l'opera riservandogli all'esordio il confronto con un grande campione. Lo svizzero Stan Wawrinka ha ormai trentaquattro anni ed è n° 24 del mondo, ma è uno dei pochi giocatori che nel quindicennio precedente è riuscito a interrompere il dominio dei fenomeni Roger Federer, Rafael Nadal, Novak Djoković e Andy Murray. È stato n° 3 della classifica mondiale, ha conquistato 3 titoli del Grande Slam (Open d'Australia nel 2014, Roland Garros nel 2015, US Open nel 2016), la Coppa Davis nel 2014, la medaglia d'oro in doppio alle Olimpiadi di Pechino 2008, insieme a Roger Federer.

Si gioca sul Louis Armstrong, uno stadio da brividi, e per Jannik è la prima partita al meglio dei cinque set. Ne uscirà sconfitto in quattro, dopo aver perso il secondo al tie-break e vinto il terzo: 6-3 7-6(4) 4-6 6-3. Stan "The man" è uno dei tennisti più potenti al mondo: Jannik riesce a tenere il suo ritmo. Gli manca solo l'esperienza per approfittare dell'equilibrio che si viene a creare nel quarto set e portare la sfida al quinto, verso un possibile exploit. L'applauso che Wawrinka gli riserva quando esce dal campo è il sigillo alla nascita di una nuova stella del tennis mondiale.

L'ingresso tra i Top 100 e il trionfo tra i Next Gen

C'è ancora Wawrinka sulla strada di Sinner quando, meno di un mese dopo, arriva a conquistarsi la prima semifinale in un torneo ATP 250. Si gioca ad Anversa e Sinner batte il polacco Kamil Majchrzak (n° 91) al primo turno, il francese Gaël Monfils (n° 13) al secondo e lo statunitense France Tiafoe (n° 53) nei quarti di finale. Wawrinka, che a New York aveva capito quanto quel ragazzino poteva essere pericoloso, gioca una partita molto accorta, rallenta il ritmo con il back di rovescio appena Jannik comincia a spingere troppo forte per lui. E respinge di nuovo l'assalto.

Ormai però Sinner è a un passo dalla Top 100: gli basta battere il tedesco Philipp Kohlschreiber (n° 79) al primo turno del successivo ATP 500 di Vienna perché la classifica del 28 ottobre registri un nuovo best ranking: n° 98.

Il muro psicologico dell'ingresso tra i primi 100 del mondo è caduto, una barriera che separa gli aspiranti dai giocatori veri. Se sei uno dei primi 100 al mondo fai parte di quell'élite di tennisti che entrano di diritto nei tabelloni che più contano, quelli dei quattro tornei del Grande Slam. I tornei che garantiscono montepremi talmente elevati anche a chi perde ai primi turni da permettergli di programmare un'attività di alto livello, con un proprio team alle spalle.

Jannik è appena entrato in quel nuovo mondo che scocca l'ora delle Next Gen ATP Finals di Milano, un torneo voluto dai vertici dell'ATP Tour per valorizzare i più forti giocatori under 21 del circuito. C'era preoccupazione per il ricambio generazionale dopo i fasti di un'epoca d'oro che aveva reso il tennis popolare in tutto il mondo nel nome della rivalità tra fuoriclasse come Roger Federer, Rafael Nadal e Novak Djoković: dal 2017 i migliori otto di una speciale classifica solo per under 21 avrebbero avuto il loro Masters. La Federazione Italiana Tennis, quantomai proiettata al futuro e fiduciosa nelle proprie nuove leve, era stata la più pronta a cogliere l'opportunità di organizzarlo sul suo territorio. La sede prescelta fu Milano e la classifica venne ufficialmente ribattezzata Race to Milan.

Nelle prime due edizioni c'erano passati giocatori diventati subito dopo grandi protagonisti a livello assoluto. Nel 2017 i russi Daniil Medvedev, Karen Khachanov e Andrey Rublëv, il croato Borna Ćorić , il canadese Denis Shapovalov e lo sfortunato vincitore, il coreano Hyeon Chung, che avrebbe brillato ai successivi Australian Open prima di infortunarsi in modo molto serio alla schiena. Nel 2018 gli americani Taylor Fritz e Frances Tiafoe, il polacco Hubert Hurkacz, l'australiano Alex De Minaur e il vincitore, Stefanos Tsitsipas, greco di Atene che l'anno dopo avrebbe conquistato la vittoria anche alle Nitto ATP Finals di Londra, il Masters assoluto. Nel 2019 la prova milanese dotata di un ricchissimo montepremi (1.400.000 dollari) si trasferisce dai padiglioni della Fiera di Rho-Pero per approdare al nuovo Allianz Cloud, il palazzetto da 5000 posti sorto sulle ceneri dello storico Palalido di Milano.

Nelle prime due edizioni l'Italia aveva avuto a disposizione una wild card, messa in palio in un torneo tra i migliori otto under 21 nazionali: nel 2017 se l'era aggiudicata Gianluigi Quinzi, nel 2018 Liam Caruana. Nessuno dei due era riuscito a superare il proprio girone di qualificazione né ad aggiudicarsi una delle partite disputate, che alle Next Gen Finals hanno una formula tutta particolare. Si gioca al meglio dei 5 set, però più corti: vince chi arriva a 4 giochi. Sul 40-40 ogni game è deciso da un punto secco con il battitore che decide da che parte servire. La pausa tra un punto e l'altro è ridotta a 25 secondi e nei cambi di campo i giocatori possono parlare in cuffia con i loro allenatori. Nuove regole per un gioco più veloce e più ricco di tensione, per catturare le nuove generazioni.

Nel 2019 Sinner è undicesimo nella Race to Milan, entra tra i primi otto con la wild card che spetta alla Federazione Italiana senza che ci sia bisogno di un torneo preliminare: dopo le rinunce di Stefanos Tsitsipas (che pur essendo under 21 si è qualificato per le Nitto ATP Finals di Londra, il torneo assoluto) e dei canadesi Félix Auger-Aliassime e Denis Shapovalov, diventa effettivamente l'ottavo del ranking.

Il cast ancora una volta è stellare: testa di serie n° 1 è l'australiano Alex De Minaur, n° 18 del mondo. Con lui nel primo girone vengono sorteggiati il norvegese Casper Ruud (n° 63), il serbo Miomir Kecmanović (n° 65) e lo spagnolo Alejandro Davidovich Fokina (n° 82). Nel secondo girone il favorito è lo statunitense Frances Tiafoe (n° 46) davanti al francese Ugo Humbert (n° 56) e allo svedese Mikael Ymer (n° 73). Sinner, n° 95, è la Cenerentola del gruppo.

La sua personalità però è magnetica, il peso dei suoi colpi devastante. Milano scopre un nuovo idolo. Jannik vince il suo girone pur subendo nel secondo incontro il tennis aggressivo del mancino Humbert: per qualificarsi al primo posto gli bastano i successi netti su Tiafoe e Ymer.

Dall'altra parte emergono De Minaur e Kecmanović. Le semifinali incrociate mettono il diciottenne di Sesto Pusteria contro il ventenne di Belgrado: la partita dura un set, il primo, nel quale il serbo tiene botta e chiude 4-2, partendo così in vantaggio. Poi comincia il monologo di Sinner, che si trova a suo agio sul campo duro in Greenset dell'Allianz Cloud. Le altre tre partite finiscono 4-1 4-2 4-2 e regalano a Jannik l'occasione di giocarsi il titolo più prestigioso della sua carriera fino a quel momento.

Sabato 9 novembre il vostro cronista è sugli spalti a seguire la finale in tempo reale sul sito SuperTennis.tv. Ecco che cosa vede e racconta:

La finale è una domanda: qual è già oggi il livello di Jannik Sinner, incredibile finalista delle Next Gen Atp Finals con tre anni di anticipo?

La risposta è l'altrettanto incredibile lezione di tennis che dà in finale a Alex De Minaur, un termometro tennistico australiano di venti anni, 3 titoli ATP in stagione (Sydney, Atlanta e Zhuhai), finalista a Basilea due settimane fa, n° 18 del mondo. Uno costante, che non si batte da solo e ti dà la misura del tuo livello.

Lo chiamano "Demon" ed è famoso per la velocità dei suoi piedi e del suo cervello. È di un'altra categoria rispetto ai giocatori, seppur forti, che Sinner ha incontrato nelle prime fasi del torneo.

Con Tiafoe, Ymer, Humbert e Kecmanović si parlava di tennisti più maturi di Sinner e classificati tra il n° 47 (Tiafoe) e il 74 (Ymer). De Minaur ha già alle spalle una finale alle Next Gen Atp Finals lo scorso anno, persa lottando con Stefanos Tsitsipas.

In stagione ha collezionato gli scalpi di Top 10 come il giapponese Kei Nishikori e lo spagnolo Roberto Bautista Agut. Si sta preparando, qui a Milano, per le finali di Coppa Davis: in tribuna a tifare per lui, che è il n° 1 del team e si è tatuato sul corpo il 109 (in quanto centonovesimo tennista a rappresentare i "canguri" in Davis), c'è tutta la squadra gialloverde, capitan Lleyton Hewitt in testa, Nick Kyrgios compreso.

Anche solo riuscire a giocarsela con uno così significherebbe che la propria asticella, nonostante la classifica dica ancora n° 95, non è solo all'interno dei Top 50, come è parso chiaro in questi giorni, ma è già a ridosso dei primi venti del mondo.

L'inizio del match è molto incoraggiante: l'equilibrio è assoluto. Jannik tiene bene i suoi turni di servizio e recupera con sicurezza quando si trova in svantaggio. Il primo a inserire negli scambi la variante in back, per uscire dal ritmo ossessivo degli scambi di piatto da fondocampo è il n° 18 del mondo, non il 95. E siamo solo sul 3-2 del primo set.

Il gioco successivo è uno schiaffo alle gerarchie: Sinner strappa "a zero" il servizio all'australiano sparandogli in faccia due risposte alla prima di servizio. Di diritto da destra, di rovescio da sinistra. Demon le vede arrivare come proiettili che può solo provare a parare. Senza riuscirci. E il primo set è a Casa Italia.

Difficile provare paragoni recenti per il boato dei 5000 dell'Allianz Cloud, tutto esaurito, dalla tribuna autorità dove con il presidente della FIT Angelo Binaghi siede anche la sindaca di Torino Chiara Appendino a tutto il mondo degli appassionati che comprende la famiglia di Sinner (mamma Siglinde, papà Hans Peter, il fratello maggiore Mark) e quella di Riccardo Piatti (la moglie del coach Gaia e il figlio Rocco che in questi giorni ha fatto da sparring a Jannik).

Un giocatore italiano che mettesse così tutti d'accordo, innamorati all'unanimità, è difficile da ricordare. Di certo potrebbe succedere a Matteo Berrettini che però non ha avuto ancora l'occasione di godersi il palcoscenico di una finale così sul territorio italiano.

Il pubblico gioca la partita con Sinner. Si capisce che è un pubblico tennisticamente colto, perché coglie i momenti delicati e incoraggia. Sa apprezzare le giocate di qualità ed esplode.

Jannik, va detto, sembra fare apposta a far salire la pressione. Strappa subito la battuta all'avversario nel secondo set ma quasi si diverte a dare il brivido della palla break da annullare. Gli capita ripetutamente e ogni volta tira fuori il coniglio della giocata ad effetto dal suo cappellino con visiera. Può essere un ace. O un dirittone perentorio. I milanesi fanno sempre "ooh" e lui agita il pugnetto guardando il suo angolo con gli occhi a feritoia. Fa paura anche a un Demon.

Le palle break deve salvarle anche quando serve sul 3-1 e mette in rete una volée deliziosa che avrebbe chiuso in gloria uno scambio da apnea generale. Sul 30-40, ecco di nuovo il servizio vincente e il diritto assassino. Dopo 47 minuti siamo 2-0 Italia. E ci diamo un pizzicotto, giusto per capire se è sogno o realtà.

Quanto sia tutto vero ce lo dice l'incredibile boato dell'Allianz Cloud alle 22.15 in punto che celebra il match point.

Sinner è da sogno. De Minaur ha raccolto solo 5 giochi. Ha resistito un'ora e 4 minuti. È l'australiano che da domani dovrà provare ad alzare l'asticella dove Sinner l'ha portata, troppo in alto per lui. Pazzesco. Meraviglioso.

Milano saluta il primo titolo di un probabile campionissimo. Non è la prima volta che lo fa: è già successo, nell'allora Palalido, diciotto anni fa. Era il 2001. Quello con il trofeo in mano si chiamava Roger Federer.

«Sinner, il futuro è adesso» titola la *Gazzetta dello Sport*, «Sinner devastante» è il titolo de *La Repubblica*, «Sinner strepitoso» quello del *Corriere dello Sport*. Impossibile non entusiasmarsi dopo una prestazione simile. Impossibile nascondersi: Jannik è diventato definitivamente quel Sinner di visibilità planetaria che il mondo ci invidia.

Dietro le quinte Riccardo Piatti (lo racconta nella sua autobiografia) dopo la partita gli dice: «Bravo, bel lavoro». Ma poi aggiunge: «Dimmi un po', chi ha vinto questo torneo due anni fa?». Jannik lo guarda alzando le spalle: «Boh» è la risposta. «Appunto: boh. Ricordati, quindi, che non hai ancora vinto niente di importante».

Guai se Jannik si accontentasse. La settimana successiva infatti è ancora in campo per il torneo ATP Challenger di Ortisei, quello dove aveva visto per la prima volta giocare Seppi. Questa volta il campioncino atteso è lui. E non delude: vince il quarto Challenger dell'anno, dopo Bergamo, Ostrava e Lexington, battendo in finale l'austriaco Sebastian Ofner. La sorte vuole che al primo turno avesse ritrovato e battuto ancora l'austriaco Lucas Miedler proprio come a Bergamo, dove la stagione della sua consacrazione era cominciata. Un cerchio che si chiude. La classifica al 31 dicembre 2019 dirà: Jannik Sinner n° 78 del mondo. La scalata verso le vette del tennis mondiale ripartirà da quel gradino il giorno dopo.

L'OCCHIO TECNICO

Miglioramento e team, le parole chiave del Sistema Italia

Autonomia, consapevolezza, ambiente virtuoso, team, miglioramento, speed tennis, Sistema Italia, sono le parole chiave che si sono consolidate nell'ultimo decennio esattamente come il tennis e le attività competitive di crescita di Jannik tra i suoi 13/14 anni e la maggiore età.

Partirei proprio dal **Sistema Italia**, che battezza Jannik nel 2013, convocato insieme al suo maestro al raduno tecnico under 14 e al 1° Simposio Internazionale per Insegnanti durante gli Internazionali BNL d'Italia a Roma, che successivamente lo avrebbero visto protagonista prima nelle prequali e poi tra i big.

Un primo approccio con i grandi del tennis che lo porterà in Nazionale under 14 dopo i raduni svoltisi presso il Centro Tecnico Nazionale di Tirrenia. Sistema Italia che nel tempo si consolida proprio dal 2013-14 al 2024 con il decentramento della FITP nei progetti federali e nelle strategie sportive, partendo dalle scuole tennis in crescita continua, grazie a bandi di concorso che hanno privilegiato le domande di candidati appartenenti a circoli senza scuola con la prospettiva di aprirne una nuova entro l'anno. Questo ha portato a una crescita quantitativa del Sistema, infatti in questo periodo siamo passati da 1206 scuole tennis (2012) alle attuali 1924, tutti potenziali vivai. Potenziali vivai e futuri Centri tecnici, poiché contrariamente a quanto accadeva negli anni addietro, i bimbi talentuosi oggi sono seguiti all'interno del loro club e scuola federale, con il sostegno di borse di studio necessarie per allenarsi con qualità, di contributi per svolgere attività competitiva solo se accompagnati dal proprio insegnante, e delle consulenze di tecnici federali multidisciplinari (mentale-motoria-tattica e tecnica, con tecnici degli attrezzi, educatori alimentari, fisioterapisti, video e match analisi ecc.), necessari per ricreare a casa quell'ambiente virtuoso di cui si è parlato in precedenza e per costruire un team in grado di trasformare le capacità dei giovani talentuosi in abilità eccellenti.

In questi anni si sono espressi non solo numerosi ragazzini talentuosi (basti pensare che nel 2013 avevamo nel ranking mondiale dell'ITF under 18, 17 maschi e 16 femmine tra i primi 1000 al mondo, mentre nel 2019, accelerando il processo di decentramento, i numeri, che non sono un'opinione, ci raccontavano un'altra storia: 98 maschi e 95 femmine tra i primi 1000). Ma, aspetto ancor più rilevante di questa strategia, si è consentito ad altrettanti insegnanti, alcuni divenuti poi allenatori di questi ragazzi nel circuito professionistico (su tutti spiccano gli esempi di Vincenzo Santopadre con Matteo Berrettini, di Gipo Arbino con Lorenzo Sonego o di Simone Tartarini con Lorenzo Musetti, ma sono solo la punta di un iceberg) di passare dalla formazione in aula a quella in campo in giro per il mondo.

Un binomio straordinario che consente oggi di dire che l'Istituto ha attivato un processo formativo tra i migliori al mondo (in Italia avevamo 5699 insegnanti iscritti agli albi nel 2011, oggi sono 13033).

L'International Tennis Federation, che certifica la qualità degli istituti di formazione delle 222 federazioni nazionali affiliate (dividendole in 4 livelli: White, Bronze, Silver e Gold), ha rilasciato all'Italia la certificazione di Golden Institute, dopo aver valutato piani di studio, curricula, il percorso formativo, le convenzioni con le università di Scienze motorie. Solo 14 istituti al mondo hanno questo livello, che consente ai nostri diplomati di vedere la loro qualifica accettata ed equiparata in tutti i Paesi del mondo. Ci consente anche di dire che nelle nostre scuole tennis si trovano oggi gli insegnanti con la miglior preparazione del mondo.
Se è vero che le progettualità e le strategie hanno favorito il decentramento con il coinvolgimento dell'intero movimento tennistico italiano, è altrettanto vero che nuove metodologie d'insegnamento e di allenamento molto più vicine allo *speed tennis* attuale, un tennis ad altissima velocità (con particolare attenzione a servizio e risposta al servizio), adottate in tutti i raduni provinciali con i migliori under 10, hanno proiettato tutte le scuole federali nella ricerca della costruzione di un **team** e di un **miglioramento** continuo dei ragazzi e dell'intero movimento tennistico.
Le scuole di qualità, quelle che per tipo di struttura e di servizi vengono genericamente definite "Accademie" (noi le chiamiamo Super School e Top School) sono molto più numerose: nell'ultimo decennio sono più che raddoppiate. Erano 42 nel 2013, ne abbiamo registrate 109 nel 2023.

Jannik, non a caso, parla spesso nelle sue interviste, di **miglioramento** e **team** proprio perché fin da quando era piccolo ha sempre avuto intorno a sé una squadra che lavorava per metterlo nelle condizioni di potersi esprimere e continuare a migliorare. Jannik oggi non solo si è costruito una squadra di tutto rispetto internazionale con l'eccellenza degli allenatori italiani e del mondo rappresentata da Simone Vagnozzi, formatosi proprio con l'ISF, un preparatore fisico come Umberto Ferrara con qualifica federale e con un'idea multidisciplinare di formazione straordinaria, un consulente di tutto rispetto quale Darren Cahill, un fisioterapista ecc., ma lui stesso è un grande uomo di squadra.
Un grande uomo di squadra perché se pur molto esigente è altruista, sempre molto attento a tutti i componenti del suo team. Questo aspetto lo dimostra quotidianamente nel circuito, ma in Coppa Davis si è evidenziato ancora di più perché, se è vero che nel primo girone di qualificazione delle Davis Cup Finals a Bologna 2023 non era presente fisicamente, mentalmente era vicino ai compagni con continui messaggi ed esortazioni a dare il massimo per arrivare poi tutti insieme a Malaga (consentitemi, sul concetto di squadra, di fare qui un plauso a Matteo Berrettini che pur non potendo giocare è stato fisicamente presente sia a Bologna che a Malaga per sostenere i compagni).
Proprio a Malaga, Jannik, reduce dalla finale delle Nitto ATP Finals, è arrivato mettendosi a disposizione di tutti, con un'umiltà e una naturalezza che hanno portato l'intero team a esprimersi al di sopra delle proprie possibilità.
Mi viene da ricordare che sia contro l'Olanda che contro la Serbia è entrato in campo sempre dopo una sconfitta e che negli spogliatoi incoraggiava continuamente tutti a dare

sempre il massimo, a prescindere dal risultato. Quello che poi ha dimostrato in campo in tutti i match da lui disputati. Non si può in questo frangente non fare menzione dei tre match point contro il n° 1 al mondo, giocati pensando non al risultato ma alla strategia di gioco definita con il team e al miglioramento continuo. Sono proprio questi i momenti che si vivono in campo nei quali in pochi secondi si valorizzano e si applicano in modo vincente **concetti costruiti anche fuori dal campo** in molti anni di lavoro e sacrifici.
L'**autonomia** e la **consapevolezza** sono state sempre stimolate nel suo percorso di crescita, anche perché dai quattordici-quindici ai diciotto-venti anni moltissime sono le volte in cui è partito da solo in treno per giocare tornei giovanili e non. Inoltre, spesso si aggregava ad altri gruppi tecnici federali per condividere esperienze internazionali, come quelle vissute con i ragazzi del Centro Tecnico Periferico Federale di Bari nel 2017 insieme a Nicola Fantone.
Consapevolezza dei suoi mezzi che si è sempre di più evidenziata negli anni del COVID, talvolta anche traendo giovamento da quella situazione irreale che è stato il grande tennis a porte chiuse. Sì perché, per i grandi campioni già affermati, giocare senza pubblico e con lo stadio vuoto non era la stessa cosa, mentre magari per i giovani emergenti quella condizione poteva rivelarsi una pressione in meno. Ricordo proprio il match con Rafa Nadal nel 2020 a porte chiuse al Roland Garros, vinto dal maiorchino ma che ha reso sempre più Jannik consapevole di poter giocare alla pari addirittura con il re della terra battuta. Questa sconfitta, come altre di quel periodo, ha dato a Jannik la certezza dei suoi mezzi. Che sono quelli di un leader, di un protagonista assoluto.

La giovane Italia è cresciuta con Sinner

In queste tabelle è riassunta la progressione del movimento tennistico italiano nelle classifiche mondiali under 18 dal 2013 al 2023, il periodo della crescita agonistica di Jannik Sinner.
Nelle voci, che riguardano sia il settore maschile che quello femminile, è indicato il numero di giocatori e giocatrici presenti nel ranking, il numero di quelli tra i primi 500 del mondo, la classifica del migliore azzurro/azzurra, e il giocatore/giocatrice che l'ha conseguita.
Tra i tanti dati spicca il fatto che nel 2013 l'Italia aveva 17 giocatori e 16 giocatrici juniores che competevano a livello internazionale e nel 2023 sono diventati rispettivamente 120 e 115.

	ANNO 2013	ANNO 2014	ANNO 2015
SETTORE MASCHILE			
ATLETI CON RANKING	17	27	48
ATLETI TOP 500	3	15	24
BEST RANKING	166	74	27
MIGLIOR RANKING	A. Pellegrino	A. Pellegrino	A. Pellegrino
SETTORE FEMMINILE			
ATLETE CON RANKING	16	26	41
ATLETE TOP 500	5	10	16
BEST RANKING	138	43	24
MIGLIOR RANKING	V. Hofer	B. Turati	B. Turati

	ANNO 2016	ANNO 2017 (AGG. 04/09/17)	ANNO 2018 (AGG. 06/11/18)
SETTORE MASCHILE			
ATLETI CON RANKING	61	85	86
ATLETI TOP 500	25	24	24
BEST RANKING	22	48	5
MIGLIOR RANKING	L. Caruana	F. Forti	L. Musetti
SETTORE FEMMINILE			
ATLETE CON RANKING	37	63	76
ATLETE TOP 500	17	18	19
BEST RANKING	32	52	12
MIGLIOR RANKING	T. Pieri	E. Cocciaretto	E. Cocciaretto

	ANNO 2019 (AGG. 31/12/19)	ANNO 2020 (AGG. 31/12/20)	ANNO 2021 (AGG. 30/09/21)
SETTORE MASCHILE			
ATLETI CON RANKING	98	106	106
ATLETI TOP 500	4	17	17
BEST RANKING	19	8	8
MIGLIOR RANKING	F. Cobolli	F. Cobolli, L.Darderi	F. Cobolli, L.Darderi
SETTORE FEMMINILE			
ATLETE CON RANKING	85	98	98
ATLETE TOP 500	4	17	17
BEST RANKING	4	22	22
MIGLIOR RANKING	M. Delai	M. Delai	M. Delai

	ANNO 2022 (AGG. 31/12/22)	ANNO 2023 (AGG. 31/12/23)
SETTORE MASCHILE		
ATLETI CON RANKING	112	120
ATLETI TOP 500	23	25
BEST RANKING	45	8
MIGLIOR RANKING	D. Minighini	F. Cinà
SETTORE FEMMINILE		
ATLETE CON RANKING	110	115
ATLETE TOP 500	19	18
BEST RANKING	49	18
MIGLIOR RANKING	F. Urgesi	F. Urgesi

Parte quarta

Coppa Davis, Open d'Australia e n° 2 al mondo: così è già diventato immortale

2020: da Top 100 a Top 50

Il passaggio da Next Gen a Now Gen, da futuro a presente, si alimenta di prime volte, si compone tessera dopo tessera in un mosaico il cui disegno resta nascosto a chi lo guarda da vicino. Da Milano, città del futuro, il futuro di Jannik Sinner porta dritto a Melbourne Park, dal 1988 casa dell'Australian Open, dove nel 2024 avrebbe trionfato per la prima volta in uno Slam.

Proprio dall'altra parte del mondo, nel 2020, ha inizio quel suo lungo percorso da promessa a campione, una cronoscalata partita con il primo turno superato in singolare in un major.

Deve aspettare due giorni per completare il 7-6(2) 6-2 6-4 sull'australiano Max Purcell. La pioggia, infatti, salva temporaneamente il giocatore di casa sul 4-4 nel terzo set. Alla ripresa Sinner vince 6 punti su 8 e diventa il più giovane italiano di sempre a vincere un match nella storia del torneo, a diciotto anni e cinque mesi.

Ha la stessa età che aveva Roger Federer, 20 volte campione Slam in singolare e ancora primatista per numero di settimane consecutive trascorse da n° 1 del mondo, quando ha completato il primo successo in un major, contro l'ex vincitore del Roland Garros Michael Chang all'Australian Open nel 2000.

«Diritto e rovescio di Sinner vanno alla stessa velocità, è qualcosa di speciale» ha commentato a Melbourne il campione svizzero. «È bello sentirlo ma abbiamo ancora da lavorare» risponde Sinner, con il realismo da figlio delle montagne che non l'ha mai abbandonato.

Jannik, eliminato al secondo turno a Melbourne, è ancora in piena evoluzione, coerente a un principio guida mai abbandonato né tradito: vinco, e se non vinco imparo. A Rotterdam, in febbraio, dove si gioca uno dei tornei indoor di maggior storia e prestigio in calendario, vince la prima partita contro un Top 10, il belga David Goffin, tre anni prima finalista alle Nitto ATP Finals che allora si giocavano a Londra alla O2 Arena, ponte futurista tra passato e futuro dove passa la linea del meridiano di Greenwich.

I primi due mesi nel circuito maggiore, tra i grandi, bastano a renderlo un'attrazione. Per i capelli rossi, ma soprattutto per quel concentrato di ambizione e naturale buonsenso, educazione e ferocia competitiva, che si esprime in un tennis che procede per sottrazione.

«Un italiano che parla quanto serve, e fra una parola e l'altra pensa. Che non promette – finora, più che altro, mantiene. Che non si esalta, non si indigna, non si sforza di piacere, non vuole influenzare nessuno» così lo ritrae lo scrittore Matteo Codignola per *Vogue Italia* a febbraio del 2020.

La sua ascesa è appena lanciata quando il mondo si ferma, quando familiarizziamo con parole aliene solo fino a qualche ora prima: coronavirus, COVID-19, pandemia, lockdown. Sinner continua ad allenarsi, nei giorni uguali ai giorni in cui tutti, almeno una volta, ci siamo improvvisati panificatori o pasticcieri per passare il tempo. Lancia anche una *challenge* sui social. «Ogni foto che caricherete di un sosia di Pizza di me stesso o di una figura italiana del passato o del presente, doneremo 10 €» per acquistare forniture mediche.

La primavera diventa estate, l'estate diventa autunno e il circuito gradualmente riparte, con un calendario stravolto e una nuova classifica in cui i giocatori possono tener conto anche di punti ottenuti in tornei giocati due anni prima. Lo sport conosce l'obbligo delle porte chiuse, della prestazione nel silenzio.

Si devono giocare senza pubblico gli Internazionali BNL d'Italia nel novantesimo anniversario dalla prima edizione a Milano, anche se poi arriva una deroga per ammettere mille spettatori per semifinali e finali. Jannik fa comunque rumore. Batte il francese Benoît Paire, più irritante che fantasioso nell'occasione, poi sul Pietrangeli si vendica di Stefanos Tsitsipas che l'aveva battuto al Foro un anno prima: era la sua prima partita contro un Top 10 in carriera. «Quando sei giovane, in un anno possono cambiare tante cose» commenta in conferenza stampa dopo la partita. «La partita dell'anno scorso è stata un po' un test, stavolta sapevo di avere il livello di gioco per battermi meglio contro di lui». Si fermerà contro il bulgaro Grigor Dimitrov, ex "baby Federer", ex n° 3 del mondo, allora n° 22.

Dopo Roma c'è Parigi, c'è un Ronald Garros autunnale e inusuale e tutto il resto è vento e Francia. Una prima volta così nello Slam sulla terra battuta non capita tutti i giorni. Jannik ha l'onore di giocare la prima partita della prima giornata sul Philippe Chatrier, il campo centrale intitolato all'ex presidente della Federazione francese e internazionale, contro Goffin in un *déjà-vu* baciato dalla fortuna. Domina il belga e ci prende gusto.

Supera in tre set anche il qualificato francese Benjamin Bonzi e l'argentino Federico Coria, fratello di quel Guillermo che a Roma nel 2005 ha spaventato il re della terra battuta Rafa Nadal.

Piega la pioggia, la terra che diventa fango, e anche il vento che confonde negli ottavi le idee ad Alexander Zverev, n° 7 del mondo. Poi il tedesco dirà che ha giocato con 38° di febbre senza avvertire nessuno, in barba a tutte le bolle, alle restrizioni, ai controlli sanitari.

Primo giocatore nato negli anni duemila ai quarti a Parigi, Sinner si misura contro Rafa Nadal senza paura. Va a servire per il primo set sul 6-5, dà battaglia anche nel secondo, poi nel terzo si sgonfia. Nadal vince la partita n° 98 delle 100 giocate al Roland Garros. Fino a quel momento nel torneo è rimasto in campo 237 ore e 8 minuti, ha perso 27 set e salvato 427 palle break su 602. A fine torneo dominerà in finale Djoković ed eguaglierà i 20 titoli Slam in singolare di Roger Federer.

«Jannik ha un grande talento e grandi colpi. Per due set mi è stato molto difficile spingerlo fuori posizione» ha detto Nadal. Sinner, il giocatore che ha vinto più game contro Rafa in quel torneo, incassa i complimenti, non li abbraccia: «Non ho ancora vinto nulla nella mia carriera. Devo uscire di qui a testa bassa e lavorare di più».

Arriva a Sofia il primo titolo nel circuito ATP

Grazie al quarto di finale al Roland Garros, entra per la prima volta tra i primi 50 del mondo. «La cosa migliore che ho» racconta a *La Stampa* nell'ottobre 2020, «non sono i colpi. Anzi, se parliamo di quelli, non credo di avere tanto talento. Il mio vero talento è un altro, e lo devo alla mia famiglia, che mi ha trasmesso il rispetto per il lavoro, e insegnato a dare sempre il massimo».

Capitano della sua anima, va dritto per la sua strada. A molti sembra chiuso, freddo. È solo ritrosia, col tempo relegata negli angoli del cuore, a mostrare le emozioni, a trasmettere il suo divertimento per il gioco.

Chiude il 2020 a Sofia, città di incontri e di storie. Il giovane Jannik si mette alla prova attraverso sfide ogni volta diverse. Al primo turno batte l'ungherese Márton Fucsovics, che ha un fisico da body-builder e colpi altrettanto pesanti. Poi supera lo svizzero Marc-Andrea Huesler, che a Sofia avrebbe vinto il torneo nel 2022. Nei quarti piega Alex De Minaur, una costante nei momenti clou della sua carriera. In semifinale, la sua terza nel circuito ATP, riesce a rompere la tela del francese Adrian Mannarino, mancino che ha dovuto cambiare impugnatura per un ancora inspiegato dolore alla mano sinistra e compensa la mancanza di potenza con intelligenza e tempismo.

La finale contro Vasek Pospisil, veterano canadese forte anche in doppio, si decide al tie-break del terzo set. Nonostante la minore esperienza, quando il gioco si fa duro Sinner gioca meglio e vince. A diciannove anni e tre mesi è diventato il più giovane tennista italiano a conquistare un titolo ATP ed è entrato per la prima volta tra i primi 40 del mondo.

Mentre aspetta la coppa, spiega al *Corriere della Sera*, non pregusta il momento in cui avrebbe realizzato un obbiettivo per tanti tennisti impossibile. Al contrario, appare quasi corrucciato, non del tutto soddisfatto. «Stavo cercando di capire perché avevo perso il secondo set della finale [...]. Dopo una partita, vinta o persa, mi piace comprendere quello che è successo». Archivia da n° 37 del mondo, con 41 posizioni guadagnate in

12 mesi, una stagione dimezzata per la pandemia, in cui ha giocato complessivamente 34 partite e ne ha vinte 20. «Avrei voluto giocare di più, imparare di più e più velocemente» spiega ancora al *Corriere della Sera*. Buoni propositi che si tradurranno nell'ascesa del 2021.

2021: da Top 50 a Top 10

Non sarà un anno come gli altri, il 2021 di Sinner. Come gli eroi dei miti necessita di prove ed errori. La sua stagione inizia dall'Australia, che impone la quarantena obbligatoria di quindici giorni per chiunque arrivi dall'estero. Dunque l'Australian Open si sposta eccezionalmente a febbraio. I giocatori possono partire con uno staff ridotto, e allenarsi sempre solo con lo stesso avversario, e solo se nel frattempo non risultano positivi al COVID-19 o venuti a contatto diretto con chi è stato contagiato dal virus. Il team di Sinner e quello di Rafael Nadal si parlano e si trovano d'accordo: sarà Jannik il compagno di "bolla" e sparring partner d'eccezione di Rafa. «È la cosa migliore che mi potesse capitare a diciannove anni, per la mia carriera e come esperienza di vita» dirà Jannik a marzo a Françoise Inizan che lo intervista per *L'Equipe*, quotidiano francese tra le più autorevoli testate sportive d'Europa.

Melbourne Park per una volta non ospita solo l'Australian Open. Nelle settimane precedenti lo Slam, nell'impianto si giocano l'ATP Cup, esibizione a squadre poi diventata mista e trasformata in United Cup; due tornei ATP 250 – il Great Ocean Road Open e il Murray River Open – e tre tornei WTA – il Gippsland Trophy, lo Yarra Valley Classic e il Grampians Trophy, aggiunto all'ultimo per le giocatrici rimaste in isolamento più stretto, che peraltro si concluderà senza che sia stata disputata la finale. Tutti organizzati nello stesso impianto dell'Australian Open per minimizzare gli spostamenti e dunque i rischi di contagio.

Al Great Ocean River Open, Sinner completa una doppietta trionfale: ha vinto l'ultimo torneo giocato nel 2020 e il primo del 2021, e l'ha fatto in finale contro il marchigiano Stefano Travaglia, entrato per la prima volta in Top 60 grazie a quel risultato. Mai due italiani si erano scontrati in un match per il titolo nel circuito maggiore su una superficie diversa dalla terra battuta, e in assoluto mai si era vista una finale ATP tutta tricolore dal torneo di Firenze del 1988 (vittoria di Massimiliano Narducci su Claudio Panatta).

Davanti a Elisabetta Cocciaretto e Jasmine Paolini con i rispettivi coach come tifosi d'eccezione, Sinner diventa il giocatore più giovane a mettere in bacheca due titoli in due tornei consecutivi dal 2005, quando un diciannovenne Nadal trionfava al China Open a Pechino e al Mutua Madrid Open, che allora si giocava in autunno, sul duro e al coperto.

La fatica della settimana australiana, però, si fa sentire sul fisico in evoluzione di Sinner. Gli organizzatori dell'Australian Open piazzano infatti il primo turno più atteso del singolare maschile, il confronto tra l'azzurro e il mancino canadese Denis Shapovalov, capace di lampi di scintillante bellezza, come match clou della prima giornata. Ovvero a poco più di ventiquattr'ore dalla finale dell'altoatesino contro Travaglia. Sinner, dopo tre ore e 55 minuti, cede 6-4 al quinto set, ma non cerca alibi né scuse. «La stanchezza non mi ha infastidito» dice in conferenza stampa. «Non ho certo perso per questo».

Archiviata la stagione australiana, si fa male alla schiena a Montpellier, in Francia. Benché non grave, l'infortunio ne condiziona prestazioni e risultati per tutto il mese di marzo. Ma il meglio deve ancora venire.

Tra le palme della Florida, in un aprile non più giocato solo all'ombra di un cortile, al Miami Masters mette in fila il francese Hugo Gaston, amanuense mancino delle palle corte; il russo Karen Khachanov, mano da "mazzolatore" e mente da scacchista; il finlandese Emil Ruusuvuori, ordinato, geometrico, volenteroso ma prevedibile; e il kazako Alexander Bublik, il suo esatto opposto. Bublik, di cui puoi prevedere solo che farà qualcosa di imprevedibile, a fine partita gli dirà: «Dimostri quindici anni e giochi così? Non sei umano». Deve aver intravisto qualcosa che il resto del mondo avrebbe capito solo in seguito, con quasi tre anni di ritardo.

Sinner è il secondo italiano e l'ottavo teenager in semifinale a Miami, un torneo un tempo conosciuto come il "Wimbledon d'inverno" perché era il primo grande evento in calendario quando in Australia si giocava a fine anno. All'Hard Rock Stadium, l'impianto realizzato nell'area dello stadio della franchigia di football dei Miami Dolphins, batte anche lo spagnolo Bautista Agut e suona una musica nuova, quella di un ragazzo dai capelli rossi che vive ogni partita a muso duro, con un piede nel passato e lo sguardo dritto e aperto nel futuro.

Quarto under 20 in finale a Miami dopo Andre Agassi, Rafa Nadal e Novak Djoković (tutt'altro che una cattiva compagnia), non riesce a completare l'opera. Si gioca a Pasqua, come la finale che Fabio Fognini vinse a Monte Carlo due anni prima, e come quella di Miami del 2024 che Sinner dominerà diventando il primo italiano di sempre in Top 2. Ma in quel momento non è ancora pronto al trionfo. Prima della finale non dorme bene, in campo il suo tennis appare spento, frenato. Ma la sconfitta con Hubert Hurkacz, che tra l'altro è uno dei suoi amici nel circuito, è solo un incidente di percorso. «Per me la cosa più importante è aver dimostrato di essere migliorato rispetto all'ultimo torneo».

Anche senza il lieto fine a Miami, quella del 2021 resta una Pasqua di resurrezione per il tennis italiano, che si risveglia il lunedì dell'Angelo con 10 giocatori in Top 100 per la prima volta nella storia. In quel momento Sinner è n° 23 del mondo. Tre anni prima, non aveva punti nel ranking ATP, e in mezzo c'è stato anche il lockdown.

Il suo rimane un percorso inusuale, anche se usuali sono gli inciampi che incontra lungo il cammino. La netta sconfitta contro Novak Djoković a Monte Carlo lo delude nell'immediato ma non lascia tracce. «È il futuro del tennis, anzi è già il presente, visto che ha giocato la finale a Miami» ha detto infatti Nole dopo la partita.

Sinner entra in Top 20 e continua a mettere esperienze dentro un bagaglio sempre più vasto. L'ex n° 1 del mondo Evgeny Kafelnikov, il "Principe" capace di un tennis regale quanto il suo soprannome suggerisce, lo inserisce, in un post su Twitter, tra i favoriti per il Roland Garros insieme a Nadal, Andrej Rublëv, che Jannik ha sconfitto a Barcellona, e Tsitsipas, che l'ha battuto in quello stesso torneo in semifinale. Brad Gilbert, ex coach di Agassi, lo candida già a quel punto della stagione per un posto alle Nitto ATP Finals che si giocheranno a Torino, e sarà la prima volta in Italia nella storia del torneo con i primi otto singolaristi e le migliori otto coppie di doppio della stagione.

Per Craig O'Shannessy, coach e leader della *match analysis*, a lungo nello staff di Novak Djoković e consulente della Federazione Italiana Tennis, Sinner riesce a «colpire la palla con la forza maggiore possibile ma allo stesso tempo con lo sforzo minore possibile grazie a un perfetto equilibrio». Chi meglio riesce a individuare questo equilibrio fra poli opposti, vince.

Con i suoi risultati, crescono anche le attese. Tutta l'attenzione, come tutte le strade del mondo, porta a Roma. Al Foro Italico. Al cuore che batte per il tennis nel cuore della capitale. Sinner, però, alle aspettative degli appassionati non pensa.

«Ho sempre detto che un giocatore la pressione se la mette da solo, se vuole ottenere risultati importanti» ha dichiarato a Riccardo Crivelli che lo intervista per uno speciale della *Gazzetta dello Sport* alla vigilia degli Internazionali BNL d'Italia. Si comincia anche a parlare della storia d'amore con Maria Braccini. «Siamo due ragazzi giovani che adesso stanno condividendo una bella esperienza insieme» dice. «Io sto investendo le mie energie per costruire qualcosa di importante e lei sta al mio fianco». Nessun annuncio pubblico, però. Nessuna concessione a fotografi e copertine. «Non vedo perché dovremmo farlo sapere a tutti» spiega.

Le emozioni le riserva al campo. Anche al Foro mostra quanto tiene a quello che fa. Anche troppo, si direbbe. Battuto da Nadal, il giocatore più vincente di sempre sulla terra battuta, dopo due set tirati e durati due ore e un quarto, trattiene a stento amare lacrime di delusione. «Sono stato due volte avanti di un break nel primo set, ho avuto un break di vantaggio anche nel secondo. Sono triste, deluso. È una sconfitta difficile da accettare» dice. «Forse avrei dovuto fare qualcosa di più». In questo sfogo scorgiamo uno dei tratti che ne alimentano il fascino. Sinner attira per il suo essere risolutamente dissimile e insieme perché indossa questa sua risolutezza con disinvoltura, senza gli eccessi di vigore dei condottieri più avventurosi né la rigidità per partito preso dei bastian contrari più testardi. Ha il fascino di quelli che un tempo si chiamavano i ragazzi per bene, quelli che ti aspetteresti di vedere impettiti su un divano Chesterfield a chiedere la mano della promessa sposa o il permesso di portarla al ballo.

Dopo il No alle Olimpiadi, il trionfo a Washington

Solo che dai ragazzi così, dai personaggi dei romanzi di formazione, ti aspetti sempre la cosa giusta al momento giusto. Ai ragazzi così è facile chiedere, difficile perdonare. Jannik lo capisce quando annuncia la decisione di non andare a giocare le Olimpiadi che si continuano a chiamare di Tokyo 2020 anche se si disputano nel 2021. «Rappresentare il mio paese è un privilegio e un onore e spero di poterlo fare per tanti anni» spiega. «La decisione è stata dettata dal fatto che non ho giocato il mio miglior tennis durante gli ultimi tornei e devo concentrarmi sulla mia crescita. Ho bisogno di questo tempo per lavorare sul mio gioco, il mio obbiettivo è diventare un miglior giocatore in campo e fuori». Non la prendono bene i tifosi, e le polemiche su giornali e social non mancano. Lo accusano di scarso patriottismo, concetto su cui periodicamente tifosi comuni e vip come Vasco Rossi, giornalisti e perfino comici come Maurizio Crozza torneranno a proposito della residenza a Monte Carlo. Polemica in cui Jannik peraltro non è mai caduto. «Lì ci sono tanti giocatori con cui allenarsi, le strutture sono perfette e i campi sono buoni. Mi sento a casa» ha detto rispondendo a una specifica domanda nella conferenza stampa dopo il trionfo all'Australian Open 2024.

Impermeabile alla normalità, Jannik mette il suo bene e il suo male davanti a se stesso come una legge, e a questa obbedisce, noncurante di come possa essere percepita. Ha il pregio divisivo della coerenza e la forza del campione in potenza. Il suo futuro di ragazzo d'altri tempi vira verso la gloria al William H.G. FitzGerald Tennis Center, a Rock Creek Park, Washington. Qui si gioca il Mubadala Citi DC Open, il più antico torneo ancora in calendario organizzato in un parco pubblico negli Stati Uniti. Nel blu dipinto di blu, vince in finale una maratona contro il leggero quanto tenace statunitense Mackenzie McDonald. Diventa il terzo campione più giovane nell'albo d'oro del torneo e in quel momento il più precoce a vincere un ATP 500 (primato che gli sarebbe stato tolto da Carlos Alcaraz). Ma nemmeno questo lo fa deviare dai suoi propositi. «Non considero così tanto importante essere il più giovane in questo o quello» dice. «La strada è lunga, ho ancora tanto lavoro da fare».

I titoli a Sofia e Anversa lo lanciano tra i primi 10

L'apprendimento continua passando da Washington a New York, teatro dello US Open. A Flushing Meadows, gioca per la prima volta uno Slam tra le prime 16 teste di serie. Superati i primi due turni, dà vita a uno show in piena regola contro il francese Gaël Monfils sul campo intitolato a Louis Armstrong, il genio della musica che ha innovato il jazz e l'ha reso popolare. I quattordicimila tifosi sono quasi tutti per Monfils, performer di razza che trasforma ogni partita in una jam session grazie a un fisico elastico e a un tennis eclettico. Sinner prende il centro del palco per i primi due set. Il pubblico vuole la corrida, e la ottiene. Nel terzo e nel quarto Monfils torna a sfoderare un tennis scintillante come i suoi panta-

25

25 • Roland Garros 2020: nel secondo Slam dopo la pandemia da Covid-19 Sinner raggiunge i suoi primi "quarti" e impegna a fondo Rafael Nadal, poi vincitore del torneo.

26 • Il 14 novembre 2020 in Bulgaria Sinner vince il suo primo torneo del circuito professionistico, l'ATP 250 di Sofia, battendo in finale il canadese Vasek Pospisil.

27 • Jannik al Foro Italico con la mascherina in occasione degli Internazionali BNL d'Italia 2020, edizione settembrina a porte chiuse.

26

27

28

28 • Sinner negli anni dei primi tornei internazionali si incorda le racchette da solo, con una piccola macchina elettronica acquistata online.
La sua racchetta, qui negli scatti dello *stringer* ufficiale del torneo di Wimbledon, è una Head Speed MP, con il piatto da 100 pollici quadrati e il reticolo corde 16x19.
La incorda con sintetico Head Hawk Touch, calibro 1,30, alla tensione di 28 kg. Il peso complessivo di ciascuno dei suoi esemplari è di 339 grammi, il bilanciamento a 33 cm dall’estremità dell’impugnatura.

29

30

29 • Sinner esordisce in Coppa Davis nel 2021 a Torino contro gli USA, battendo il "gigante" John Isner.

30 • Il 2021 è anche l'anno della prima apparizione di Sinner alle Nitto ATP Finals. N° 11 del mondo e presente a Torino come riserva, Jannik sostituisce l'infortunato Matteo Berrettini battendo nel primo match il polacco Hubert Hurkacz.

31

32

31 • Nel 2022 Sinner raggiunge per la prima volta i quarti di finale a Wimbledon. Lo ferma solo Novak Djoković (Serbia), in 5 set.

32 • Nell'estate del 2023 arriva per Jannik il primo titolo in un ATP Masters 1000: se lo aggiudica in Canada, a Toronto, battendo in finale l'australiano Alex De Minaur.

33 • Alle Nitto ATP Finals di Torino 2023 Sinner raggiunge la finale. Ancora una volta riesce a fermarlo solo Novak Djoković, n° 1 del mondo.

34 • A Torino Sinner aveva vinto il suo girone superando Stefanos Tsitsipas (Grecia), Holger Rune (Danimarca) e, per la prima volta in carriera, lo stesso Djoković, in 3 set.

33

Nitto ATP FINALS
Nitto ATP FINALS
ATP FINALS

34

JANNIK
SINNER
ITALIA.IT

35

36

37

35 • Il capitano della squadra italiana di Coppa Davis Filippo Volandri abbraccia Jannik: il suo apporto nelle finali di Malaga 2023 è stato decisivo.

36 • Sinner dà il suo contributo anche sulla panchina azzurra nel sostenere i compagni.

37 • La carica trascinante di Jannik alimenta un clima vincente: qui l'entusiasmo contagia anche il team manager Michelangelo Dell'Edera (primo da destra).

38

38 • Il doppio formato da Jannik Sinner e Lorenzo Sonego si rivela imbattibile nelle Davis Cup Finals di Malaga.

39 • Jannik è concentratissimo: anche il riscaldamento pre allenamento è curato nei dettagli.

40 • Scendere sempre bene con le gambe sotto la palla: uno dei segreti del grande rovescio di Sinner, quello con cui batte anche Djoković in semifinale, dopo avergli annullato 3 match point.

41 • Jannik e Lorenzo si danno reciprocamente la carica e l'Italia accede alla finale.

39

40

41

42 • L'Australia va ko, 2-0 al termine dei singolari, e l'Italia conquista la Coppa Davis dopo 47 anni. Ecco i protagonisti: da sinistra, il capitano Filippo Volandri, Jannik Sinner, Lorenzo Musetti, Simone Bolelli, Lorenzo Sonego e Matteo Arnaldi.

DAVIS CUP

43

44

45

43 • Sinner è arrivato a vincere la Coppa Davis con un record di 9 vittorie e una sola sconfitta in singolare in maglia azzurra.

44 • Foto di gruppo per l'Italia campione del mondo, con il ministro per lo Sport e i Giovani, Andrea Abodi, e il presidente della FITP, Angelo Binaghi.

45 • Jannik intervistato da Max Giusti in occasione dei SuperTennis Awards 2023 a Milano.

46

47

46 • È stato Jannik a parlare a nome della squadra azzurra di Davis ricevuta al Quirinale il 1° febbraio 2024.

47 • Il Presidente della Repubblica Sergio Mattarella si congratula con Sinner.

48

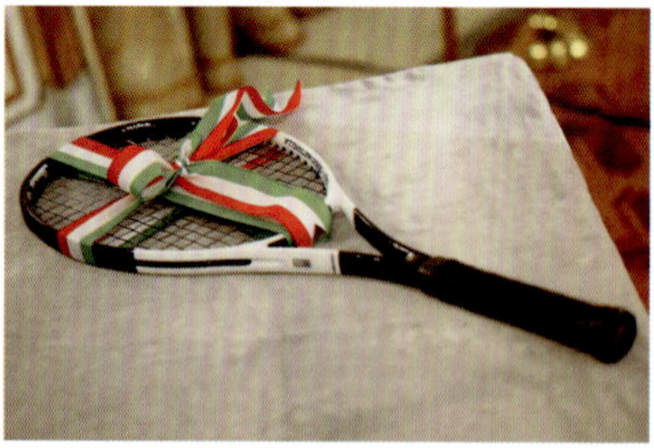

48 • In occasione dell'incontro gli azzurri hanno regalato al Presidente della Repubblica una delle racchette del campione altoatesino.

49 • Con il successo all'ATP Masters 1000 di Miami 2024 per Sinner è arrivato il 2° posto nella classifica mondiale, record assoluto per un italiano.

50

51

50 • Il team di Sinner al completo festeggia la vittoria degli Open d'Australia alla Rod Laver Arena di Melbourne. Da sinistra, accosciati: il fisioterapista-osteopata Giacomo Naldi, il preparatore fisico Umberto Ferrara, Jannik, i coach Simone Vagnozzi e Darren Cahill. In piedi: Rubén Zhrien di Nike, gli agenti di Starwings Joseph Cohen e Lawrence Frankopan e il manager-consigliere Alex Vittur.

51 • Jannik celebra la storica conquista della Norman Brookes Challenge Cup, il trofeo degli Open d'Australia, al Colosseo con il Presidente della Federazione Italiana Tennis e Padel, Angelo Binaghi.

loncini fluo, Jannik ha la meglio al quinto. «Mi piace giocare al meglio dei cinque set, anche se avrei potuto chiudere un po' prima» commenta a caldo. «È stato speciale, un match incredibile amico mio» scrive a Monfils su Twitter a freddo. Grazie a questo risultato raggiunge gli ottavi in un'edizione storica, la prima di sempre con due italiani nella seconda settimana in singolare maschile (c'è anche Berrettini). Ma non va oltre: sbatte contro il tedesco Zverev.

Nell'autunno della sua, e della nostra, contentezza, si conferma campione all'Arena Armeec di Sofia, primo italiano dopo Paolo Bertolucci a Firenze nel 1975 e 1976 a vincere per due anni di fila lo stesso torneo. Poi si replica ad Anversa, la città dei diamanti, che sono per sempre come il suo nuovo primato. Nessun italiano aveva vinto quattro tornei in una sola stagione da quando esiste il ranking ATP. Ha fretta, Sinner, che continua a bruciare le tappe anche se la sua candela non si consuma da entrambi i lati.

La settimana successiva si iscrive a Vienna. Piega il gigante Reilly Opelka, 211 centimetri e un tennis apparentemente rude che maschera la mente curiosa di un raffinato *flâneur* e collezionista d'arte contemporanea, l'austriaco Dennis Novak e nei quarti fa la storia. Il successo sul geometrico norvegese Casper Ruud gli apre le porte della Top 10. Ha venti anni, due mesi e sedici giorni.

Il percorso alla Wiener Stadthalle si interrompe bruscamente, tra rimpianti, polemiche e lezioni da imparare. Il suo avversario, Frances Tiafoe di rosso vestito, infiamma e diverte il pubblico austriaco. Sinner, elegante nel completo bianco con l'ormai abituale cappellino giallo, è il suo perfetto contraltare. «Frances ha esagerato oggi» lo accuserà dopo la partita. «Un conto è quando fai spettacolo, un altro è se non c'è più rispetto. Non so cosa sia successo, ma oggi secondo me è andato un po' oltre». Archiviata la delusione, c'è una nuova festa da celebrare. Lunedì primo novembre 2021 per la prima volta nella storia (da quando esistono le classifiche computerizzate, introdotte nel 1973) l'Italia può vantare due giocatori fra i primi dieci del mondo. Sinner infatti si aggiunge a Matteo Berrettini, entrato prepotentemente in questa élite a novembre 2019. Anche Maria Sharapova, protagonista con lui di un particolare balletto natalizio che ha spopolato sui social, celebra questo traguardo.

Ma intanto c'è già un nuovo rivale all'orizzonte, più giovane ma non per questo meno pericoloso. Si chiama Carlos Alcaraz. Si erano già incontrati ad Alicante nel 2019, a casa dello spagnolo che aveva quindici anni e si era imposto in tre set. Il primo confronto in un torneo del circuito maggiore, a Parigi-Bercy nell'ultimo Masters 1000 della stagione, si chiude con un successo ancora più netto del murciano, miglior teenager in classifica in quel momento, capace di battere per la terza volta un Top 10. «Se ci fosse un bottone per smettere di pensare a questo match, lo userei» ha detto Sinner in conferenza stampa. «Ma ci sono comunque cose peggiori nella vita».

La loro rivalità, che evolverà in una sincera amicizia senza nulla perdere della competitività più spinta, accende già le passioni. Sono in tanti a intuire che quando i due si incontrano succede qualcosa di speciale. Sono in tanti a lamentarsi quel giorno che la partita sia stata programmata su un campo secondario e non sul Centrale al Palais Omnisport. «Sinner-Alcaraz sul campo 1... semplicemente NO» ha scritto su Twitter Ivan Ljubičić, ex n° 3 del mondo e coach di Federer nei suoi ultimi anni di carriera.

La prima volta alle Nitto ATP Finals

Quella sconfitta gli impedisce di qualificarsi direttamente per le Nitto ATP Finals di Torino, alle quali partecipa comunque come riserva. La prima edizione italiana del torneo diventa anche la prima con due italiani presenti in singolare: tra gli otto direttamente ammessi al tabellone, infatti, c'è Berrettini, unico italiano fino ad allora a partecipare più di una volta alle Finals. È un torneo diverso da tutti gli altri: si qualificano in otto, divisi in due gironi da quattro, e se qualcuno si fa male prima della semifinale può essere sostituito dalla partita successiva.

Il destino, che si diverte a intrecciare i percorsi e scombinare i piani, finisce per coinvolgerli entrambi nella maniera meno prevista e più amara. La sera di domenica 14 novembre, la prima giornata della prima edizione italiana delle Nitto ATP Finals, Berrettini esce fra lacrime di rabbia e dolore a causa dell'infortunio che gela i tifosi sulle tribune del Pala Alpitour (dal 2024 Inalpi Arena) che ospita il torneo, dopo il primo set della prima partita contro Zverev. Matteo dovrebbe tornare in campo il martedì, sempre alle 21. Ma quel giorno, intorno alle cinque del pomeriggio, scrive un messaggio a Jannik: «Vai in campo e divertiti».

Dunque sarà proprio Sinner a prendere il suo posto nell'edizione "più italiana di sempre" del torneo. Il suo staff mette in piedi una sessione d'allenamento extra nel tardo pomeriggio di martedì 16 novembre, a poco più di due ore dalla partita. Ma per momenti come questo non ti puoi allenare. «Matteo, mi dispiace per questa situazione e per quello che stai passando» ha scritto sui social. «Di sicuro non è un momento facile e non vorrei che un amico come te stesse vivendo tutto ciò».

L'esordio di Sinner a Torino non si può dimenticare. Debutta contro quell'Hubert Hurkacz che l'aveva stoppato a un passo dal cielo a Miami. Stavolta non c'è storia. L'aria è elettrica, il pubblico riempie le tribune di cori e tricolori, sembra una sfida di Coppa Davis, o una partita della Nazionale di calcio. Nel calore dell'abbraccio, il cuore di Sinner rallenta mentre la testa cammina. Vince 6-2 6-2, e non c'è modo di contenere la standing ovation prima dell'intervista in campo dopo il match.

Ad accoglierlo negli spogliatoi trova un simbolo dello sport italiano, Beatrice "Bebe" Vio, campionessa paralimpica di scherma. Il giorno dopo torna nell'impianto. Mangia con il team, riceve il premio per essere entrato tra i primi dieci del mondo dal presidente dell'ATP, l'italiano Andrea Gaudenzi, poi si allena allo storico Circolo della Stampa-Sporting, a poche centinaia di metri dall'impianto. Tanti tifosi lo aspettano, lo incitano, lo fermano per una foto, un autografo, un sorriso.

L'ultima partita del girone sportivamente non è altro che una ben pagata esibizione: penalizzato dal regolamento che rende più difficile il passaggio in semifinale a chi è subentrato come riserva, Sinner è già eliminato. Deve affrontare uno degli avversari per lui più difficili, il n° 2 del mondo Daniil Medvedev, che al contrario è già sicuro della qualificazione. Il primo set scivola via senza storia, lo vince il moscovita 6-0. Nemmeno dopo un set terminato in maniera così severa, comunque, Jannik ha avuto paura. «Ho sciato, e quando scendi dalla montagna non puoi permetterti di avere paura. Sul campo da tennis, male che vada ti prendono a pallate...» racconta. Esce dal campo, va in bagno, e quando torna cambia tutto. Si gioca a un livello altissimo, al limite, nessuno si risparmia. Medvedev finge di sentirsi assonnato e provoca l'azzurro, insieme a tutto il pubblico, con un accenno di sbadiglio in mondovisione. «Ma non si può parlare di scorrettezza, da parte sua» dirà l'azzurro. I tifosi italiani non mancheranno di rinfacciarglielo. Alla fine vince Medvedev, che piazza due magie in più e chiude 6-0 6-7(5) 7-6(8) dopo due ore e 29 minuti. Ma in fondo ha vinto anche Sinner, che ha superato l'esame di laurea di fronte al campione capace di spegnere il sogno di Novak Djoković a una sola vittoria dal Grande Slam, l'impresa delle imprese mai riuscita a nessuno nel tennis maschile dopo il 1969.

Come sempre posato e nobile, di quella nobiltà stile Hemingway che non si risolve nell'essere superiori a qualcun altro ma solo a chi eravamo ieri, il giovane favoloso del nostro tennis si gode l'esperienza e guarda avanti: «Mi rimane la felicità di aver giocato questo torneo. Spesso penso a quanto tempo dedico a questo sport, a quanto lo amo. Quando ci sono momenti così vengo ripagato di tutto» spiega.

In quei momenti, concede a se stesso di allentare la sua abituale ritrosia in campo, si concede il lusso di farsi trascinare dalle emozioni, di liberarsi, di mostrare anche quanto si sta divertendo. Il cambio di passo, ancora solo accennato, guadagna concretezza nella fase a gironi di Coppa Davis, in programma la settimana successiva sempre a Torino, sempre nello stesso impianto: cambiano solo i colori in campo per esigenze di sponsor. È l'ultima prima volta nell'anno della sua ascesa verso la vetta del tennis, è il momento del suo esordio in maglia azzurra.

«È stata un'emozione particolare, non ho mai visto una mia maglietta con la scritta Italia sulla schiena. È la più bella» ha raccontato dopo il 6-2 6-0 rifilato al gigante statunitense John Isner, che non aveva mai perso con un punteggio così netto in carriera. L'Italia dei debuttanti (è la prima volta anche per il capitano Filippo Volandri nel nuovo ruolo) batte USA e Colombia. Sinner, che non perde occasione per imparare, si diverte anche nel doppio conclusivo giocato insieme a Fabio Fognini contro i sudamericani, totalmente ininfluente ai fini della classifica. Il match inizia oltre mezzanotte. Gli azzurri lo perdono dopo due ore e 33 minuti tra gli applausi dei super appassionati rimasti fino all'ultimo, e soprattutto tra i sorrisi di un Sinner felice di esserci e di godersela fino all'ultimo.

Ci prova gusto a stare su un palcoscenico così. Attraverso l'esperienza in Nazionale, Sinner mette il pubblico tra gli ingredienti del piatto perfetto che vorrebbe cucinare in campo ogni volta. L'esperienza azzurra finisce nei quarti. Sinner batte in singolare un ottimo Marin Čilić, ma non basta a superare la Croazia in una partita in cui gli azzurri hanno giocato con il lutto al braccio per la morte del dottor Pier Francesco Parra, per anni cardine della Nazionale. «La Davis dà una sensazione particolare perché giochi per tutto il team. Qui vinciamo come squadra e perdiamo come squadra» commenta Sinner, pronto a prendersi il centro della scena. Anche a costo di cambiarla completamente.

2022, l'anno del coraggio

Lasciare il noto per l'ignoto, sterzare di lato con il rischio di cadere. Una manifestazione di personalità, l'atto coraggioso e fermo di chi prende in mano la sua vita e la direzione del suo viaggio. È la scelta di Jannik Sinner, che a febbraio del 2022, dopo una netta sconfitta contro Stefanos Tsitsipas ai quarti dell'Australian Open, annuncia l'addio allo storico coach Riccardo Piatti. «Dopo tanti anni di successo insieme, io e il mio team abbiamo deciso di separarci» ha scritto Sinner attraverso i suoi profili sui social network. Ha ringraziato tutti i componenti dello staff «per tutto quello che hanno fatto per me dall'inizio della carriera fino ad ora. Riccardo specialmente, mi ha insegnato molte cose che resteranno per sempre parte del mio tennis. Tanti ricordi speciali e guarderò sempre indietro al tempo che abbiamo trascorso insieme con affetto».

Dietro la sua decisione, ha raccontato a freddo, ad aprile di quell'anno, alla *Gazzetta dello Sport*, non c'è nessuna «verità scabrosa, nessuna sveglia al mattino con la voglia improvvisa di cambiare tutto. Semplicemente, era venuto il momento di prendere una decisione per provare a diventare un giocatore ancora migliore. È stata una scelta unicamente personale, senza influenze esterne, come tutte quelle che ho assunto nella mia vita». In fondo, spiegava nel 2020 in un'intervista a Marco Montemagno, imprenditore digitale ed ex pongista professionista, arrivato tra i primi 5 in Italia: «sono uno molto pignolo, non è sempre facile lavorare con me. In campo, cerco di ascoltare i suggerimenti, ma faccio sempre quello che mi sento. Mi danno molte informazioni, ma poi devo essere intelligente e non concentrarmi su quei dati perdendo tutto il resto». Quella scelta, ha ammesso nel 2024 dopo il trionfo all'Australian Open, «sembrava folle. Mi sono detto: mi butto nel fuoco. Volevo conoscere un altro metodo di lavoro, non era detto che fosse la decisione giusta».

Non asseconda gli apprezzamenti di campioni del passato come Magnus Norman, che ha guidato da coach Stan Wawrinka a vincere i suoi tre titoli Slam in singolare; Boris Becker, ex n° 1 del mondo e coach anche di Novak Djoković; o John McEnroe, che si era praticamente candidato come suo allenatore. Sceglie Simone Vagnozzi da Ascoli Piceno, amico di Seppi che lo ha voluto come suo testimone di nozze, che da coach ha guidato Marco Cecchinato al n° 18 del ranking ATP e alla semifinale del Roland Garros, poi Stefano Travaglia fino al best ranking.

«È già pronto per vincere partite importanti, ma non dobbiamo dimenticare che ci vuole tempo per costruire qualcosa» dice l'allenatore marchigiano al canale SuperTennis dopo l'annuncio della collaborazione. «Jannik non deve essere la brutta copia di Nadal, di Medvedev, di Djoković o di nessun altro. Deve essere la versione migliore di se stesso».

La nuova squadra, pezzo per pezzo

Per arrivarci, serve una squadra. Sinner la definisce, la smonta e la rimonta fino alla versione definitiva, per tutta la prima metà del 2022. «Quello che ho capito è che chi è nel mio team non deve essere necessariamente il migliore di tutti nel suo campo. Nel mio team devono esserci persone che si capiscono. Voglio una squadra di brave persone, persone normali che fanno il loro lavoro» ha spiegato. Così per qualche mese Sinner, un po' giocatore e un po' direttore tecnico, incastra i pezzi del puzzle.

Paolo Cadamuro lascia dopo tre mesi, a causa di un «piccolo intervento che però interrompe un grande sogno», come ha scritto sui social. Al suo posto arriva Jérôme Bianchi, stimato "fitness trainer" francese che ha lavorato a lungo con Maria Sharapova e Stefanos Tsitsipas. Si aggiunge anche una vecchia conoscenza di Vagnozzi, Umberto Ferrara, che già componeva con lui il team di Cecchinato quando ha raggiunto la storica semifinale a Parigi. Prima di Wimbledon ecco l'ultima tessera, l'australiano Darren Cahill. Top 10 in doppio, vincitore di due titoli in singolare, Cahill ha aiutato Lleyton Hewitt a diventare il più giovane n° 1 ATP (record poi battuto nel 2022 da Carlos Alcaraz), ha reso Andre Agassi il più anziano n° 1, poi ha guidato in vetta al ranking WTA Simona Halep. La rumena l'ha definito «la persona più importante per la mia carriera».

Sono mesi di accenti incoraggianti e incidenti di percorso. Salta Rotterdam per il COVID, si ritira a Indian Wells ancora per la febbre e a Miami per le vesciche contro Francisco Cerúndolo. Al Roland Garros raggiunge il secondo quarto di finale Slam consecutivo ma si fa male al ginocchio sinistro contro Rublëv: resta il più grande rimpianto della stagione.

Da Wimbledon a New York è sfida ad Alcaraz

Sull'erba cambia tutto. Su questa superficie non aveva mai vinto nemmeno una partita prima di quell'anno, eppure ai Championships sembra essere nato per volteggiare sui prati. Agli ottavi duella con l'amico-rivale Alcaraz nel giorno in cui si celebra la storia, il centenario del Centrale di Wimbledon, la cattedrale del tennis. Lo spettacolo, scrive il *New York Times*, «è all'altezza del palcoscenico». Jannik scende in campo pronto alla battaglia, consapevole delle difficoltà del match, vince 6-1 6-4 6-7(8) 6-3 ed entra nel Last Eight Club, il ristretto gruppo di giocatori capaci di raggiungere almeno una volta i quarti di finale a Wimbledon. Chi ne fa parte viene invitato tutti gli anni ad assistere al torneo, avrà posti riservati in tribuna e ospitalità all'interno dell'All England Club in una tenda apposita, con bar e tavolini. È l'undicesimo italiano nel club.

Nei quarti, per due ore abbondanti, prende a pallate Djoković, il più titolato campione nella storia del gioco. Sembra in grado di batterlo. Purtroppo, però, andarci vicino non è ancora abbastanza. E il venti volte campione Slam rimonta.

Dopo l'ebbrezza a Wimbledon, si va al mare. A Umago, prima città croata che chi viene dall'Italia incontra sulla costa, vanno tutti volentieri. Per gli italiani, poi, è quasi come giocare in casa. Nel 2022 al Teniski Centar Stella Maris, lo stadio che ricorda il mare, l'Italia prende tutto. Simone Bolelli e Fabio Fognini trionfano in doppio, Jannik Sinner batte Carlos Alcaraz in finale e celebra il sesto titolo in sette finali ATP in carriera. In premio si aggiudica anche la Porsche Taycan elettrica che gli organizzatori hanno aggiunto all'assegno per il vincitore.

Si ritroveranno di fronte, Sinner e Alcaraz, pochi mesi dopo in un anticipo d'autunno a New York. Immaginateli mentre entrano sull'Arthur Ashe Stadium, lo stadio per il tennis più grande del mondo, mentre in sottofondo suonano le trombe con cui Ennio Morricone impreziosiva gli spaghetti western di Sergio Leone. Chiudete gli occhi mentre l'obbiettivo stringe sul primo piano di Jannik che si confonde con lo sguardo freddo di Clint Eastwood, il cavaliere senza nome di *Per un pugno di dollari*. E forse lo sentirete anche voi il fischio di Alessandro Alessandroni che gli fa da colonna sonora.

Ecco, allo US Open del 2022 Sinner e Alcaraz giocano per molto più di un pugno di dollari. Giocano per la gloria, per capire dove sono e dove possono arrivare. Per cinque ore e un quarto offrono uno spettacolo totale, concluso alle 2.26 del mattino ora di New York: è la partita finita più tardi nella storia del torneo. Sinner fa sognare e sperare, mentre l'adrenalina e i colpi da cineteca abbagliano gli spettatori, avvinti come l'edera a uno spettacolo incerto fino all'ultimo. Jannik manca anche un match point, sul 5-4 nel quarto set: dopo una risposta di rovescio di Alcaraz manda largo il suo, di rovescio. «Avrei potuto giocarlo meglio quel punto, ma parlare dopo è semplice. Quando sei in campo senti la pressione e devi farci i conti» ammette. Alla fine si ferma a un passo dalla storia, Alcaraz vince 6-3 6-7(7) 6-7(0) 7-5 6-3 e proseguirà fino a conquistare il titolo e la corona di n° 1 del mondo più giovane nell'era del ranking ATP computerizzato, iniziata nel 1973.

«Il match tra Sinner e Alcaraz è stato il migliore che abbia visto in vita mia. Penso che sia l'inizio di una rivalità nuova» ha detto Stacey Allaster, direttrice dello US Open, durante una puntata del podcast ufficiale del torneo.

La sua ammirazione si somma all'attesa dei tifosi italiani che aspettano di vedere Jannik in maglia azzurra alla Unipol Arena di Casalecchio di Reno, tirata a lucido per ospitare per la prima volta la fase a gironi della nuova Coppa Davis. Sinner e Berrettini trascinano gli azzurri che superano Croazia, Argentina e Svezia e si qualificano per la fase finale a Malaga, a cui però Jannik non parteciperà per un infortunio alla mano destra.

«È stata una decisione molto difficile per me, giocare per il mio Paese è sempre un onore e spero di poter tornare presto. Forza Italia!» scrive sui social. Archivia così un 2022 in cui ha raggiunto tre quarti di finale negli Slam (Australian Open, Wimbledon, US Open) e altrettanti nei Masters 1000 (Miami, Montecarlo, Roma). Rispetto al 2021, ha vinto in media più punti al servizio con la "prima", in risposta contro la "prima" e la "seconda" degli avversari, ed è diventato decisamente più efficace nei tie-break o nei set decisivi. Numeri che promettono un 2023 di grandi successi.

2023, l'anno dei record

I primi segnali si vedono già a Melbourne. Negli ottavi di finale degli Open d'Australia rimonta per la prima volta due set di svantaggio, contro l'ungherese Fucsovics.

«Ha ribaltato la partita contro un avversario che ha un fisico tra i migliori del circuito. Questo può dargli la convinzione di poter recuperare se un'altra volta dovesse trovarsi nella stessa situazione» commenta coach Vagnozzi a SuperTennis.

Come un anno prima, Sinner si ferma contro Stefanos Tsitsipas. Ma stavolta non subisce una lezione, gli applausi dei tifosi e i complimenti del greco lasciano intuire come qualcosa stia davvero cambiando.

Dopo un paio di settimane, a Montpellier alza il settimo trofeo ATP al termine di una finale senza sbavature contro Maxime Cressy, statunitense appassionato del *serve and volley*.

La sua stagione prosegue ancora al coperto a Rotterdam, nella cinquantesima edizione del torneo più antico d'Olanda, con un albo d'oro pieno di numeri uno del mondo e campioni Slam. Si prende la sua rivincita contro Tsitsipas sull'onda di un tennis praticamente perfetto, supera lo svizzero Stan Wawrinka e torna in finale per il secondo torneo di fila. Per un set mostra una delle sue versioni migliori di sempre, ma non basta a sorprendere Daniil Medvedev in versione trasformista di lusso. Il cerebrale moscovita appassionato di scacchi e Formula 1 si dimostra capace di portare il suo tennis, per citare la famosa frase di Andre Agassi riferita a Roger Federer nel suo libro autobiografico *Open*, in un luogo che Jannik ancora non conosce.

Sinner comunque torna in Top 10 e guadagna una nuova consapevolezza: sa che i big lo studiano e lo trattano come un loro pari anche se la sua bacheca non è ancora dello stesso prestigio.

Il punto dell'anno contro Alcaraz a Miami

Alla luce della sua crescente continuità di rendimento, non sorprende che diventi il primo italiano nei quarti del Masters 1000 di Indian Wells, né che lo faccia sembrare un risultato normale. Va anche oltre, grazie al successo su Taylor Fritz, statunitense con un volto da pubblicità che ha ereditato dalla madre, l'ex Top 10 Kathy May, rampolla di una famiglia ricchissima. Il sogno di Sinner in California, anche senza l'accompagnamento di cieli grigi e foglie gialle, si ferma in semifinale contro Carlos Alcaraz che vince in due set. «Gli sono molto vicino, nonostante senta di dover ancora migliorare molto» Jannik spiega dopo la partita. Tanto vicino da superarlo, in un'altra semifinale diventata immediatamente un classico, a Miami.

Lo spettacolo attira anche alcune stelle dei Miami Heat, la squadra di basket NBA, per una sera semplici spettatori. Sinner è arrivato a essere la versione migliore di se stesso e la rivincita segna un punto di non ritorno. Intanto perché Alcaraz in quel momento è n° 1 del mondo, e Sinner non ne aveva mai battuto uno prima di allora. Poi, perché nel secondo punto del settimo game di una partita andata avanti per tre ore, ha vinto uno dei "quindici" più belli dell'anno.

Su una palla corta dello spagnolo, Jannik arriva e incrocia. Poi, ricorda:

> Ho giocato il diritto correndo indietro, a un certo punto ho tirato un rovescio lungolinea e lui era praticamente scivolato a terra ma è stato velocissimo a rialzarsi. Volevo mettere la palla alle sue spalle, ma era già lì. Alla fine, ho deciso di giocare il passante diagonale. Inizialmente volevo fare un pallonetto ma la palla era troppo bassa. Ho fatto la scelta giusta. Ma ci vogliono sempre due giocatori per giocare punti così.

Alcaraz, che in quel match ha perso sei volte il servizio, due in più dei break subiti in tutti i precedenti incontri a Indian Wells e Miami messi insieme, ammette: «È stato uno scambio incredibile. Quando l'ho perso, ho pensato: quel ragazzo è imbattibile».

«È una delle mie vittorie migliori. Quando giochi un tennis così, stare in campo è molto bello» commenta Sinner, terzo giocatore con due finali raggiunte a Miami prima di compiere ventidue anni dopo Nadal e Djoković: non proprio quella che si dice una cattiva compagnia.

Il match, uno dei più spettacolari del 2023, chiude un percorso iniziato due anni prima con la sua prima finale in un Masters 1000, sempre in Florida, e lancia una fase nuova, quella della gloria e dei primati. Lo confermano anche i tanti complimenti che arrivano immediatamente sulla stampa spagnola.

Tuttavia, il lieto fine ancora non c'è. Primo azzurro con due finali Masters 1000 all'attivo, Jannik cade ancora una volta contro Medvedev, un rebus di cui non ha ancora trovato la soluzione. «Dalla mattina non mi sentivo bene. Ho provato ad andare in campo, e con il caldo le cose sono peggiorate. Non era grave, mai pensato di ritirarmi. Oggi non era il mio giorno. Comunque non voglio in alcun modo togliere meriti a Daniil» commenta in conferenza stampa.

Alla stagione sulla terra battuta, grazie a questo risultato, si presenta da n° 8 del mondo, la posizione più alta che abbia mai occupato fino a quel momento. Si sente particolarmente orgoglioso dei risultati ottenuti, racconta a Riccardo Crivelli che lo intervista per la *Gazzetta dello Sport* prima del suo debutto a Monte Carlo, «perché finalmente ho trovato la continuità che cercavo».

Eppure, al momento di puntare sul rosso, quella continuità viene meno. Nel Principato batte Schwartzman, Hurkacz (salvando anche un match point) e Musetti. In semifinale dopo un primo set stellare la pioggia salva Holger Rune, il terzo incomodo che si è ritagliato il ruolo di *villain* tra Jannik e Alcaraz in quella che tutti si aspettano diventi la nuova grande rivalità a tre dei prossimi anni. Il danese cambia le carte, ribalta il tavolo e vince.

Non cerca alibi Sinner dopo la sconfitta. Non lo fa nemmeno dopo l'eliminazione agli ottavi agli Internazionali BNL d'Italia, il torneo di casa, il primo dall'Australian Open in cui non abbia raggiunto i quarti. Non lo fa nemmeno dopo il punto più basso della stagione, la sconfitta al secondo turno del Roland Garros contro l'ordinato tedesco Daniel Altmaier, che sente nell'aria il profumo della grande occasione e dopo cinque ore e mezza di lotta scivolosa e profonda completa la più prestigiosa vittoria della sua carriera.

L'autoanalisi di Sinner, franca fino alla spietatezza, spigolosa e per nulla indulgente, sposta il fuoco dell'attenzione sul cuore del problema: «Non ho trovato il modo di fare i punti che avrei potuto e dovuto fare. Forse c'erano troppa pressione e troppe attese, soprattutto da parte mia. Oggi non ero sorridente dentro. Quando gioco devo essere felice». Pur sempre di gioco si tratta, ma questo presupposto viene dato per scontato, quando in realtà resta il primo motore di ogni storia di successo.

In semifinale sull'erba di Wimbledon

Anche questo momento difficile si trasforma in un'occasione per innovare. Insieme al suo team, anticipa il lavoro sulla tecnica esecutiva del servizio che avrebbe dovuto rappresentare il cuore della preparazione invernale a fine 2023. Prima di Wimbledon torna all'antico, al *foot up*, ovvero alla preparazione con il piede sinistro che si avvicina a quello destro prima dell'impatto con la palla. E abbandona la tecnica del *foot back*, con i piedi fermi, quella di Roger Federer e Pete Sampras, che aveva usato l'anno prima.

«Si è subito trovato più a suo agio: così il movimento risulta più fluido. L'altro servizio richiede più forza e se il match si prolungava, o Jannik cominciava a essere un po' stanco, rischiava di perdere ritmo» spiega Vagnozzi al *Corriere della Sera*, in un'intervista a Gaia Piccardi del 28 luglio 2023.

I risultati si vedono. A Wimbledon Jannik ritrova il sorriso, e non soltanto perché è il primo giocatore di sempre autorizzato a portare in campo una borsa di un noto marchio della moda di lusso. A un anno dalle sue prime vittorie in carriera sull'erba, batte gli argentini Juan Manuel Cerúndolo e Diego Schwartzman, il francese Quentyn Halys e il colombiano Daniel Elahi Galán. Si prende gli applausi anche del fratello minore di Alcaraz, Jaime, suo fan che a fine partita gli ha chiesto anche un *selfie*.

Nei quarti mette fine alla sorprendente cavalcata di Roman Safiullin, all'esordio assoluto ai Championships e, senza aver affrontato nemmeno un Top 70, diventa il decimo e più giovane semifinalista italiano in uno Slam. «Sono molto contento che la mia prima semifinale Slam sia arrivata proprio qui, in un club e su una superficie speciale» ha detto a fine partita.

Nessun cambio di programma prima della grande sfida contro Novak Djoković, come dichiara:

> Mi allenerò come sempre e proverò qualche punto in allenamento per mantenere un po' l'adrenalina giusta. Per fortuna riesco a dormire molto, se non metto la sveglia la mattina posso andare avanti fino a mezzogiorno. Cucinerò la sera prima della partita perché abbiamo sempre fatto così e finora ha funzionato... la mia pasta al pomodoro porta bene!

Ma contro Novak Djoković, nella semifinale dei Championships con la maggiore differenza di età fra i due contendenti (quattordici anni e 86 giorni) la scaramanzia non basta. Il serbo gioca una partita perfetta e la risolve in tre set.

Da Toronto a Pechino, un altro salto di qualità

Jannik torna in campo a metà agosto al National Bank Open Presented by Rogers, il Masters 1000 di Toronto, e fa la storia. Vince il derby con Berrettini e si conferma imbattibile contro gli italiani nel circuito maggiore. Beneficia del *walkover* dell'ex n° 1 Andy Murray (infortunio agli addominali), dà spettacolo contro Gaël Monfils nei quarti, in semifinale supera in due set lo statunitense Tommy Paul, solido ma poco appariscente, che per il secondo anno di fila in Canada ha stoppato Alcaraz.

In finale detta legge contro Alex De Minaur, ancora una volta, e non per l'ultima, nello scomodo ruolo di spettatore della storia scritta dal suo amico-rivale. In una domenica da mille e una notte, Sinner lascia appena cinque game all'australiano e firma il secondo successo italiano in un Masters 1000 dopo la vittoria di Fabio Fognini a Monte Carlo a Pasqua del 2019. «È un grande risultato, che posso condividere con tutta la mia squadra per tutto l'impegno che ci mettiamo, con tutte le persone che mi sono vicine, anche se non sono qui fisicamente. È davvero un bel momento della mia carriera» commenta in conferenza stampa. Jannik trasuda ottimismo e gratitudine, non di facciata, per il suo team. «Abbiamo fatto un ottimo lavoro, sento che sto diventando più forte anche fisicamente. Spero di poter continuare così, ad allenarmi come fatto finora. E vedremo come andrà».

Spoiler: andrà alla grande. Anche se perde una partita da dimenticare contro Dušan Lajović a Cincinnati nel giorno del suo compleanno e allo US Open si ferma agli ottavi, battuto da Zverev e frenato dai crampi dopo cinque set e quasi cinque ore di partita. Pochi giorni dopo annuncia la sua decisione di non giocare la fase a gironi di Coppa Davis a Bologna. Una scelta che divide gli italiani e i giornalisti, gli attira critiche pesanti e ingenerose alle quali a lungo non risponde.

«La programmazione si fa in base agli obbiettivi» ha detto al *Corriere della Sera* a ottobre 2023. «A Malaga ci sarò. A me la dimensione della squadra, quella sensazione di Italia con la maglia azzurra, piace».

Anche il presidente della Federazione Italiana Tennis e Padel, Angelo Binaghi, lo comprende e lo difende pubblicamente in una lunga conferenza stampa alla Unipol Arena dopo la vittoria contro il Cile con cui gli azzurri hanno riscattato lo 0-3 iniziale contro il Canada e di fatto si sono guadagnati un posto nei quarti.

> Siamo stati informati che il suo staff immediatamente dopo gli US Open aveva impostato con lui una riflessione seria che ci sembra ragionevole. Condivido, e l'ho condiviso fin dal pri-

mo momento con grande sofferenza, l'obbiettivo che Sinner e il suo team si sono dati. Credo che si debbano sacrificare obbiettivi di breve termine per vincere la battaglia di medio e lungo periodo. L'obbiettivo deve essere diventare un giocatore che ogni anno lotta per gli Slam. Se vinciamo questa scommessa cambiamo la storia del tennis.

In questa stagione di prime volte, Sinner fa anche il suo debutto in Asia, al China Open, l'ATP 500 di Pechino. Dopo le vittorie sul britannico Dan Evans, sul giapponese Yoshihito Nishioka, e su Grigor Dimitrov nonostante evidenti problemi di stomaco, in semifinale diventa il primo giocatore a battere quattro volte Alcaraz nel circuito ATP. Matematicamente si assicura di salire alla posizione n° 4 nel ranking ATP e di eguagliare così la più alta raggiunta da un italiano nell'era Open, quella di Adriano Panatta nel 1976. Davanti c'è solo Nicola Pietrangeli, considerato il n° 3 del mondo nel 1959 e 1960 dal giornalista Lance Tingay che allora stilava i ranking.

In finale, la dodicesima in carriera, riesce finalmente a risolvere il suo personale cubo di Rubik. Per la prima volta in carriera, al termine di due set lottati e conclusi al tie-break, batte Daniil Medvedev: un manifesto del presente e del futuro.

Con la prima partita vinta a Shanghai, il torneo successivo, firma un altro capitolo di storia: supera per la prima volta i 50 successi in una singola stagione e si qualifica matematicamente per le Nitto ATP Finals. Il percorso si ferma nel primo scontro diretto con il mancino Ben Shelton, servizio potente, fisico da stella NBA, volée raffinate e un'esultanza con il gesto del telefono, pollice e mignolo aperti vicino all'orecchio come fossero una cornetta.

Da Vienna in poi è Sinnermania

Sinner si vendica subito a Vienna, anche se la cornetta non gliela sbatte in faccia come aveva fatto Djoković appropriandosi della sua stessa esultanza dopo averlo sconfitto allo US Open. Da lì Jannik, nella capitale austriaca, prosegue fino al decimo titolo in tredici finali, Next Gen ATP Finals comprese. La sfida decisiva, ancora contro Daniil Medvedev, regala ai tifosi un duello indimenticabile, durato tre ore e quattro minuti. «È una delle cinque partite più belle della mia vita» commenta Jannik dopo il match.

Il successo nell'ennesimo faccia a faccia con il sulfureo moscovita fotografa il compimento di una fase del percorso tecnico iniziato a febbraio 2022, sancito dall'abbraccio a fine partita con Darren Cahill e con il fisioterapista-osteopata Giacomo Naldi, entrato nel team a febbraio 2023 al posto di Jérôme Bianchi, portando la sua esperienza di alto livello nel basket: lavorava infatti per la Virtus Bologna, una delle squadra di più antica tradizione e di più prestigioso blasone della pallacanestro italiana.

Accostato sempre più frequentemente a campioni come Alberto Tomba e Valentino Rossi, che hanno fatto uscire lo sci prima e il motociclismo poi dalla nicchia degli specialisti, Sinner scatena fortissime passioni. Durante la finale di Vienna perfino il cantante Marco Mengoni, che quella domenica si trovava nella capitale austriaca per un concerto, ha interrotto il *soundcheck* per guardare il match point: il video della sua esultanza ha fatto il pieno di visualizzazioni sui social.

L'eccezionalità dei risultati non cambia la normalità di un ragazzo posato, educato, nei romanzi di una volta si sarebbe detto "per bene". Un ragazzo che regge gli ombrelli alle *ball-girls* quando piove durante le partite, che sorride se gli chiedono foto o autografi, che si ferma a giocare con i bambini di tutte le età, anche quelli famosi come il figlioletto di Nadal.

Non ha vezzi, non ha vizi, ama le auto sportive ma non sperpera né ostenta questa sua predilezione. Non offre storie da copertina, difende la sua privacy con testardo decoro e coinvolge sempre più la famiglia nella sua personale ricerca della felicità. Nel suo staff ha voluto suo padre, diventato un po' lo chef del team, con una motivazione rivelatrice del suo modo di stare al mondo. Durante i SuperTennis Awards 2023, i premi assegnati ogni anno dalla Federazione Italiana Tennis e Padel ai migliori italiani negli sport di racchetta, ha raccontato a Max Giusti:

> Da quando sono andato via da casa non ho avuto tanto tempo con i miei genitori. Forse mi godo molto più la sua presenza ora, quando c'è, in tornei in cui abbiamo una casa come Indian Wells, per passare del tempo con lui. Papà ha sempre lavorato tanto però negli ultimi due anni ho visto che era un po' giù. Era in cucina da 40 anni, lo volevo tirare un po' fuori da quella situazione. Questo gli ha permesso di tirarsi su, e di vedere anche un po' come vivo io.

Incarnazione moderna di quel profetico verso di Lucio Dalla per cui «l'impresa eccezionale è essere normale», Sinner crea un curioso cortocircuito: per gli appassionati che al tennis si avvicinano attirati dai suoi successi, sembra quasi normale che ottenga risultati eccezionali.

Il fenomeno diventa chiaro a Torino, alle Nitto ATP Finals, a cui stavolta è qualificato di diritto. Dopo il successo all'esordio su Stefanos Tsitsipas, che poi si scoprirà infortunato tanto da ritirarsi dopo la seconda partita, deve affrontare Djoković, il campione che ha concluso più stagioni di tutti e trascorso più settimane di tutti da n° 1 del mondo. Eppure tra i tifosi serpeggia un ottimismo refrattario a ogni prudenza. Sono tutti o quasi sicuri che Sinner vincerà, che non ci sarà storia. Hanno ragione a metà. Jannik in effetti vince, ma non si può certo parlare di partita con poco pathos.

«Sinner ha giocato una partita meravigliosa» ammette il serbo dopo l'incontro, durato tre ore e nove minuti. Jannik è il primo italiano che può dire di avere sconfitto due numeri uno ATP diversi. «Non esiste un posto più bello di Torino per una vittoria così» dice dopo il match. «Ho vinto insieme con i tifosi». È un successo diverso dagli altri, sottolinea in conferenza stampa. «Lo metto sul gradino più alto di un podio ideale. Non avevo mai battuto Nole prima, ed è uno che ha vinto 24 Slam. Ora nella mia testa so che posso battere anche lui».

All'ultima partita del girone, sa anche di essere già qualificato per la semifinale comunque vada. Ma non rallenta, batte Holger Rune e raggiunge le 60 vittorie in una singola stagione nel circuito ATP: nessun italiano ci era mai riuscito prima. In semifinale ferma per la terza volta di fila Medvedev e sorprende anche coach Vagnozzi.

«Finita la partita, quando era sulla cyclette, già pensava a come migliorare» rivela. Il suo è un approccio "gastronomico" al tennis, che richiede dedizione e arte, metodo e un po' d'estro. «È come quando impari a cucinare la pasta con il pomodoro» spiega Jannik davanti ai giornalisti a Torino. «Ogni volta fai un tentativo, aggiungi un ingrediente per migliorarla, sempre stando attento a non esagerare per non rovinarla. Fino ad ottenere il piatto perfetto».

Ha un solco lungo il viso, Jannik Sinner, come una specie di sorriso, quando archivia il match che significa un'impresa senza precedenti. Mai, infatti, un italiano era arrivato in finale nel torneo che elegge il campione tra i campioni. Ci arriva peraltro da imbattuto ma, come in un videogame, superato un livello ce n'è subito un altro ancora più difficile. Tra Jannik e il titolo c'è una missione impossibile, battere Djoković due volte nella stessa settimana. Nessuno l'ha mai fatto prima. L'attesa è enorme, la finale attira milioni di spettatori davanti alla tv, come una partita della Nazionale di calcio. Resteranno con un po' di amore in bocca, ma senza il lieto fine. Djoković festeggia il settimo trionfo nella storia del torneo, record senza precedenti.

Jannik, comunque fiero del risultato, non dimentica le altre Finals che lo hanno lanciato nell'Olimpo dei campioni: «Ringrazio la Federazione che nel 2019 mi ha dato wild card per giocare Next Gen ATP Finals a Milano. Non avrei mai pensato che qualche anno dopo avrei giocato qui» dice. E si lancia già verso il prossimo obbiettivo, la Coppa Davis a Malaga.

Il trionfo in Coppa Davis

Il più atteso dai tifosi italiani, e il più temuto dagli avversari, in Spagna non tradisce. È l'ultimo ad arrivare, comprensibilmente, e la squadra lo accoglie con l'applauso che merita chi ha appena scritto un pezzo di storia del nostro tennis. Poi però sarà solo il campo a parlare, e Jannik è il primo a saperlo, il primo a volerlo. Nei quarti contro l'Olanda fa il suo esordio con l'Italia sotto 0-1, se dovesse perdere saremmo fuori. Ma cambia la storia della partita. Batte Tallon Griekspoor e torna in campo anche in doppio con Lorenzo Sonego.

È la mossa a sorpresa del capitano Volandri, l'asso nella manica che sposta gli equilibri. Insieme, funzionano alla grande nonostante le differenze: Lorenzo tifa Torino, Jannik tifa Milan; Lorenzo ha inciso canzoni che hanno superato il milione di ascolti in streaming su Spotify, Jannik canta male e balla peggio. Però si stanno simpatici e si vede. Hanno affinato alla Playstation l'intesa che affonda in un idem sentire, in uno stesso approccio al lavoro che riesce a tenere insieme leggerezza e serietà. Contro Griekspoor e il trentaquattrenne specialista del doppio Wesley Koolhof non c'è storia. Il capitano olandese, scoraggiato, ammette: «Abbiamo capito di essere nei guai quando Sinner è sceso dall'aereo».

Il "fattore S" ci spinge in semifinale contro la Serbia. Di nuovo Sinner va in campo con il compito di raddrizzare la situazione, dopo la sconfitta di Lorenzo Musetti (preferito a Matteo Arnaldi, che aveva giocato contro l'Olanda) contro Miomir Kecmanović.

Per tenere in corsa l'Italia, Jannik deve battere Djoković che, ritiri a parte, in una partita completa in Nazionale non perde dal 2009. Il primo set di Sinner è uno spettacolo vicino alla perfezione tennistica: 6-2. Nole reagisce da campione qual è, vince il secondo con lo stesso punteggio. Sul 4-5 0-40 nel terzo, con il n° 1 del mondo a un punto dalla vittoria e gli azzurri a un punto dall'eliminazione, Jannik è l'unico italiano ancora convinto di avere una chance di ribaltare la partita. Un gruppo di tifosi serbi alza carote sulle tribune, le hanno portate sugli spalti sperando di agitarle come sberleffo. Ma Djoković sbaglia un rovescio per lui elementare al primo match point, Jannik salva il secondo con un servizio vincente, cancella anche il terzo e accelera verso la vittoria. Nessuno aveva mai battuto Djoković cancellando tre match point di fila, nessun italiano aveva mai sconfitto per tre volte un numero uno del mondo. «Abbiamo preparato tatticamente la partita, posso essere molto fiero di come ho gestito le situazioni» ha detto poi l'azzurro.

Come contro l'Olanda, Jannik gioca anche in doppio con Sonego. Di fronte ci sono Djoković e Miomir Kecmanović. A Malaga sembra di essere in Italia, il *mood* opposto dei protagonisti fa il resto. Nole, ancora colpito per l'inattesa sconfitta in singolare, tradisce i compagni di squadra. Lo spettacolo si chiude con Sinner e Sonego che guidano i cori dei tifosi dopo aver guidato l'Italia alla prima finale in Davis dal 1998.

Quando a Milano l'infortunio di Andrea Gaudenzi al tendine della spalla tolse ogni speranza agli azzurri contro la Svezia, Sinner non era ancora nato, e nemmeno Matteo Arnaldi. Sono loro a firmare i due successi in finale contro l'Australia, i due punti che rendono il trionfo in Cile nel 1976 il primo ma non più l'unico trionfo azzurro in Coppa Davis.

Arnaldi vince una partita tosta e non bella, salvando otto palle break nel terzo set contro Alexei Popyrin, poi piange tutte le lacrime trattenute per la morte del padre della sua fidanzata australiana Mia, avvenuta un mese prima.

Sinner chiude in scioltezza, 6-3 6-0 contro il solito De Minaur. Durante la premiazione, alla quale partecipa anche Nicola Pietrangeli, capitano del primo trionfo e recordman di tutti i tempi in Davis, *Il cielo è sempre più blu*, colonna sonora dell'edizione 2024 per l'Italia, lascia il posto all'ormai immancabile *Don't stop me now*, "Non fermatemi adesso", dei Queen. Sembra un invito, è una profezia. Jannik Sinner, di fermarsi, non ha nessuna intenzione.

2024, l'anno del sigillo Slam

Mette il noi davanti all'io, Sinner, nel lavoro quotidiano e nella celebrazione del trionfo in Coppa Davis. Lo fa ancor di più al Quirinale, nell'emozionato ed emozionante discorso di fronte al Presidente della Repubblica Sergio Mattarella per celebrare la vittoria della Nazionale.

«L'orgoglio di essere qui è per una vittoria che è frutto del sacrificio e del gioco di squadra» ha detto Sinner nel suo intervento rivolgendosi al Presidente della Repubblica. «È un successo per tutti gli italiani. La cosa più importante non è stato vincere, ma esserci capiti tra compagni, essere felici in campo e sorridere anche quando le cose non vanno per il meglio» ha detto. «Abbiamo fatto una cosa importante per questo Paese».

Jannik rappresenta nel mondo l'Italia migliore possibile e anche in questo sta il fascino che esercita su tutte le generazioni, a ogni latitudine: è giovane e maturo insieme, divertito e serio, divertente con chi lo conosce bene, posato ed elegante nelle uscite pubbliche. Con la capacità di fare la scelta giusta e dire la cosa giusta in ogni situazione, indizio chiaro di una mente in grado di processare velocemente notevoli quantità di informazioni.

Pensiero veloce, volontà di precisione, sicurezza che si traduce in decontrazione: eccoli i tre pilastri del suo successo, ben piantati in un tennis stile Novak Djoković 2.0 con cui a Melbourne ha relegato al passato l'originale.

Nole non aveva mai perso prima in una semifinale o una finale all'Australian Open. Poi ha incontrato Sinner, e per le prime due ore l'altoatesino gli ha rifilato il trattamento che il serbo riservava di solito agli avversari, stritolati da un pressing continuo a velocità crescente.

Nei primi due set Djoković vince tre game: è la sua terza peggior partenza di sempre in un major. Nel terzo parziale c'è più partita. Jannik manca un match point per un errore di diritto ma non si scompone. «Fa parte del gioco» dirà dopo la partita.

Perde il set al tie-break ma riprende a pressare come se nulla fosse successo e si guadagna quattro palle break nei primi due turni di battuta del quarto set. L'ultima è quella buona e prelude a un successo che vale altri due primati: è il primo italiano in finale all'Australian Open in singolare maschile e il primo a completare una partita contro Djoković (ritiri a parte) senza concedere nemmeno una palla break al serbo, uno dei migliori interpreti della risposta nel tennis moderno.

«Mi ha completamente dominato» ha ammesso il n° 1 del mondo dopo la partita. «Non vedevo l'ora di giocare questa partita, è bello giocare contro un giocatore così, con lui avevo perso la semifinale a Wimbledon, ma puoi imparare da partite così» ha raccontato Jannik che vive fino in fondo il suo *Happy Slam*.

Lo chiamano così, l'Australian Open, perché si gioca quando in Australia è estate mentre dall'altra parte del mondo è inverno, con un pubblico gioioso e i giocatori contenti di ricominciare la nuova stagione. Lo Slam di Jannik è particolarmente *happy* perché in finale ribalta la partita contro un Daniil Medvedev mai così aggressivo, spinto a snaturarsi per riuscire a contrastarlo, e conquista il primo Australian Open di sempre per un italiano in singolare maschile.

Trionfa 3-6 3-6 6-4 6-4 6-3 dopo tre ore e tre quarti di partita. Si lascia andare con la schiena a terra e gli occhi al cielo. «In quel momento non ho neanche pensato al trofeo» ha raccontato dopo il match. «Mi sono detto: "hai fatto una grande partita, hai superato tante difficoltà"». Durante la premiazione ha riconosciuto subito i meriti della sua ormai ex bestia nera: «In ogni partita mi mostri qualcosa su cui posso migliorare rendendomi un giocatore più forte».

N° 2 del mondo: mai prima un italiano così in alto

Il messaggio più importante, però, lo riserva a papà Hanspeter e a mamma Siglinde che la finale l'hanno guardata da casa. «Vorrei che tutti avessero dei genitori come i miei: mi hanno lasciato scegliere senza mai mettermi pressione, anche quando ero più giovane e praticavo altri sport. Auguro a tutti i bambini di avere la libertà che mi hanno lasciato i miei genitori». Dopo la finale, ha telefonato a casa per condividere la gioia con loro, ma hanno parlato poco. «Erano con amici a festeggiare e io non volevo disturbare la festa» ha detto incontrando i giornalisti il giorno dopo la finale a Melbourne. Anche se la festa era per lui.

A Melbourne, la sua è una celebrazione moderata come ci si aspetterebbe da un ragazzo che ha naturalmente assorbito il motto antico secondo cui *est modus in rebus*: «Siamo andati a mangiare qualcosa, ma non abbiamo fatto niente di speciale. Ci siamo coricati tardi, quello sì, ma per una volta va bene».

Il giorno dopo la finale, terminata la sessione di foto di rito con il trofeo, risponde alle domande dei giornalisti e a quella di un bambino selezionato dalla Federtennis locale. «La mia fonte d'ispirazione» gli ha detto «è stato Roger Federer, non solo per la sua classe, ma anche per il suo modo educato e rispettoso di porsi nei confronti degli altri, dagli arbitri agli avversari passando per il pubblico. La cosa più importante è circondarsi delle persone migliori e poi affrontare tutto con il sorriso».

C'è la sintesi della sua filosofia di vita che ha colpito anche un appassionato di sport come Papa Francesco. Il Pontefice gli fa pubblicamente i complimenti, a poche ore dalla finale dell'Australian Open, durante un'udienza in Vaticano con una delegazione del Reial Club de Tenis Barcelona in occasione dei 125 anni del club.

Anche il Presidente della Repubblica Mattarella ha seguito la sua finale a Melbourne. «Quella domenica avevo un impegno e ho iniziato a guardare la finale dal quarto set e questo ha giovato al mio umore... ma ho subito avuto la certezza che avrebbe vinto» ha detto nell'incontro con la Nazionale di Coppa Davis al Quirinale. «Apprezzo la sua semplicità. Tutti ora si aspettano che vinca sempre ma è giusto invece che non ci sia nessuna pressione, perché contano l'impegno, la lealtà e il senso sportivo, e siamo certi che non mancheranno».

Esempio dell'approccio decoubertiniano allo sport, per cui battersi bene è l'obbiettivo più alto, Sinner conosce il suo ruolo anche di motore della passione degli italiani. Rientrato dopo il trionfo, incontra il Presidente del Consiglio Giorgia Meloni, scatta foto da gladiatore al Colosseo e si concede per un'ora ai giornalisti sulla terrazza della nuova sede romana della Federazione Italiana Tennis e Padel. «Stiamo portando tanta gente a giocare a tennis e facendo qualcosa di bello per il futuro del tennis italiano» ha detto. «Negli ultimi anni Fognini ha vinto Monte Carlo, poi è arrivato Berrettini e ora io. Mi fa piacere che ci sia più movimento nel tennis italiano, e mi fa piacere che ci siano tante persone che giocano a tennis».

Quando gli chiedono quale sia la sua migliore qualità, Jannik ci pensa un po', poi torna sul concetto che probabilmente lo definisce meglio: il lavoro. «Non ci sono segreti» dice. «Forse lavoro più degli altri, ma non lo so, conosco solo quello che faccio io. Sono professionale e anche questa è una qualità. Quando mi sveglio la prima cosa che penso è che mi devo allenare».

Per questo rinuncia al Festival di Sanremo nonostante l'invito pubblico di Amadeus, e frequenta poco i social perché, sostiene, «lì non c'è la verità». In quei giorni rinuncia anche a prendersi l'abbraccio dei tifosi a casa perché poco prima a Sesto Pusteria si erano svolti i funerali di Monika Stauder, quarantasette anni, e dei suoi figli Matthaeus e Kassian Tschurtschenthaler, di sette e dieci anni, morti in un incidente stradale. «Non era il caso di fare una festa» ha spiegato.

Un mese dopo la finale dell'Australian Open, Sinner trionfa anche a Rotterdam, ancora una volta in finale contro Alex De Minaur. È il primo giocatore dopo l'australiano Lleyton Hewitt nel 2001 a vincere il primo torneo giocato dopo aver conquistato il primo Slam. Diventa n° 3 del mondo, eguagliando il record di Nicola Pietrangeli. Passa ancora poco più di un mese e quel record lo supera. A Miami è il suo momento. Domina Medvedev in semifinale e in finale Grigor Dimitrov. Il lunedì di Pasquetta del 2024 l'Italia per la prima volta vede un giocatore al n° 2 del mondo nella storia del tennis.

«Ovviamente ha un gran significato per me, ne sono felicissimo» dichiara Jannik nella conferenza stampa dopo il trionfo in Florida. «Non avrei mai pensato di trovarmi in questa posizione, è una sensazione bellissima. Se il primo gennaio mi avessero detto che avrei vissuto questo inizio di stagione, non lo avrei mai creduto».

Ma Sinner non si sente speciale. Lo diceva al Tg1 nel 2023, lo dimostra nei fatti ogni giorno, a ogni partita, in ogni allenamento, in ogni scelta. «Sono solo un ragazzo normale» diceva, «che gioca bene a tennis». Un ragazzo normale diventato un campione.

LE PARTITE UFFICIALI DI JANNIK SINNER

Dalla prima tra gli under 10 nel 2009 all'ingresso nei Top 100 e alla vittoria alle Next Gen ATP Finals del 2019*

N.B. Con il segno "+" sono indicate le vittorie, con il segno "-" le sconfitte. In alcuni casi nel database ufficiale è stato registrato l'esito dell'incontro (necessario per attribuire i punti per le classifiche FITP) ma non il punteggio. Dove presenti sono state indicate la categoria d'età e la classifica degli avversari.
Quando non si tratta di tornei giovanili (under 10, 12, 14, 16), "Nor" sta per giocatore tra i 19 e i 34 anni, "O35" per giocatore della categoria veterani over 35, così come "O45" sta per over 45 e via discorrendo.

* Tutti i risultati di Sinner successivi al 31 dicembre 2019 sono relativi al circuito professionistico e sono facilmente reperibili nella sua scheda giocatore all'interno del sito www.atptour.com

2010

(Jannik under 10, tesserato per ASC St. Georgen Sektion Tennis/Tennis San Giorgio Brunico, classifica al 31/12: 4 NC)

Bolzano, Centro Tennis Ussa

Alto Adige 2009 Nike Tour

27/12/2009-6/1/2010

Under 10
1° t. + Alex Kostner 63 64
2° t. - Nicolò Zampoli 75 76(4)

Rovereto, Centro Tennis Baldresca

PIA Cup 2010

28/3/2010

Under 9
+ Davide Santuari 62 63

2011

(Jannik under 10, classifica al 31/12: 4 NC)

Alto Adige, Coppa delle Province

1/6/2011

+ Marco Orofino 62 46 86
+ Luca Tincani 61 61

Brunico, Tennis San Giorgio

Nike Junior Tour 2011

4-10/7/2011

Under 10
Quarti: + Luca Castagnola 62 61
Semifinali: + Biagio Gramaticopolo 63 61
Finale: + Jakob Gerstgrasser 61 61

Cornaiano, TC Rungg ASV

14° tappa Nike junior Tour

10-17/7/2011

Under 10
1° t. + Biagio Gramaticopolo 64 61
2° t. + Simone Gramola 60 61
Quarti: + Filippo Mordegan 61 60
Semifinale: + Pietro Orlando Fellin 61 61
Finale: + Mattia Bernardi 63 60

Merano, TC Merano

Torneo giovanile Bank of the future

16-24/7/2011

1° t. - Riccardo Licini p.r.

Bolzano, TC Bolzano

Torneo nazionale under 10/12/14/16

13-21/8/2011

1° t. + Pietro Orlando Fellin 60 62
Quarti: + Hannes Senoner 61 60
Semifinale: - Mattia Bernardi 62 36 7-4

2012

(Jannik under 12, classifica al 31/12: 4.4)

Alto Adige, gara a squadre under 12 maschile

29/4/2012

+ Jakob Neumair
+ Manuel Eccel Trappolin
+ Alex Kostner
+ Oscar Fellin
+ Tommaso Nicolodi

Alto Adige, Coppa delle Province, fase di Macroarea

1/5/2012

+ Ivan Martinelli 62 63
+ Giacomo Dambrosi 63 62
+ Matteo Dal Zotto 63 60

Alto Adige, D4 maschile

6/5/2012

+ Rudolf Kugler (O45 4.6)
+ Simone Massardi (U16 4.5)
+ Fabian Seeber (Nor 4 NC)
+ Alexander Sigmund (O45 4 NC)
+ Rainer Lukas (Nor 4 NC)

TC Merano,

Campionati provinciali under 10-11-12

26/5-3/6 2012

Tabellone under 11
Quarti: + Maximilian Senoner 60 60
Semifinale: + Daniel Botti 60 60
Finale: + Matteo Rizzi 61 76

Campo Tures, ASV Taufers Tennis

Torneo Quarta categoria e NC

25-30/6/2012

1° t. + Alessio Pozzoni (U14)
2° t. + Emanuele Bosi (U16)
3° t. - Luca Rosini (U18, 4.1)

Campo Tures, ASV Taufers Tennis

Torneo under 12

25-30/6/2012

1° t. + Alex Kostner
2° t. + Tommaso Barelli
3° t. - Tobias Tappeiner

Villabassa, TV Niederdorf

19 Raiffeisen Grand Prix

7-15/7/2012

1° t + Philipp Fallmerayer 62 62
2° t. - Simone Nascardi p.r.

Brunico, Tennis San Giorgio

Circuito Dolomiti Tennis Trophy 2012

9-15/7/2012

1° t. + Filippo Callisto 60 60
2° t. + Tobias Tappeiner 36 64 64
3° t. - Moritz Trocker 67 64 64

Brunico, ATC Bruneck

Torneo nazionale giovanile under 12

15-22/7/2012

1° t. + Tommaso Cecchi 61 61
2° t. - Elbi Mjeshtri 6-4 4-6 7-5

Cornaiano, TC Rungg ASV

Torneo nazionale giovanile under 12

22-29/7/2012

1° t. + Lukas Mitterrutzner 60 60
2° t. + Alessandro Biscardini 60 60
3° t. - Sebastian Brzezinski 64 64

Castel di Sangro, Mario Belardinelli SSD

Coppa delle Province, Fase finale

1-4/8/2012

+ Gianluca Quinzi 06 62 64
+ Roberto Giglio 64 62
- Fabrizio Andaloro 60 64
- Manuel Massimino 63 46 64

Serramazzoni, Mario Belardinelli SSD

Campionati italiani under 11

21-26/8/2012

1° t. + Davide Cortimiglia 60 61
2° t. + Gianmarco Sangiuolo 63 26 64
3° t. - Mattia Bellucci 64 61

Bolzano, TC Bolzano

Masters Raiffeisen Bank the future under 12

3-15/9/2012

Quarti: + Tobias Tappeiner
Semifinale: + Noel Rainer
Finale: + Sebastian Brzezinski

Prato, CT Etruria

Memorial Morini trofeo a squadre under 12

1-4/11/2012

+ Matteo Contarino
+ Tommaso Catorci

Trento, CT ATA Battisti

Ottagonale giovanile

16-18/11/2012

+ Daniele Robello 63 64
+ Niccolò Viero 64 62
+ Andrea Sforza 46 63 61

2013

(Jannik under 12, classifica al 31/12: 3.4)

Merano, TC Merano

Torneo nazionale giovanile FIT by Lotto under 12

27/4-5/5 2013

1° t. + Lorenzo Santin 63 61
Quarti: + Lorenzo Favero 62 61
Semifinale: - Giovanni Peruffo 62 61

Alto Adige, Campionato a squadre serie D2

5/5/2013

+ Florian Ueberegger (O45, 4.2)
- Stefan Knollseisen (O35, 4.3)
+ Dieter Burger (Nor 4.3)

Bolzano, TC Comune di Bolzano

Torneo giovanile Raiffeisen Bank the Future

31/5-9/6 2013

Quarti: + Manuel Plunger 61 60
Semifinale: + Ivan Martinelli 61 60
Finale: + Sebastian Brzezinski 61 63

Brunico, Tennis San Giorgio

Campionati provinciali under 12-14-16

30/6-6/7 2013

Quarti: + Oscar Fellin 60 60
Semifinali: + Daniel Botti 60 60
Finale: + Matteo Rizzi 60 61

Brunico, Tennis San Giorgio

Dolomiti Tennis Trophy under 12

8-14/7/2013

1°t. + Erik Jourdan 61 60
Quarti: + Hannes Senoner 60 60
Semifinale: + Pietro Orlando Fellin 60 62
Finale: + Sebastian Brzezinski 61 60

Gais, AT Gais

Gran Prix Raiffeisen 3a/4°/NC tabellone intermedio

13-21/7/2013

+ Marco Pasquini (U16) 63 64
+ Alberto Borroni (U14) 64 60

Brunico, ATC Bruneck

In memoriam Maria Teresa Riedl, Tabellone under 14

14-21/7/2013

1° t. + Lorenzo Borrello 62 61
2° t. - Lorenzo Riva 63 16 63

Brunico, ATC Bruneck

In memoriam Maria Teresa Riedl, Tabellone under 12

14-21/7/2013

Quarti: + Luca Tincani 60 61
Semifinale: + Andrea Actis 62 61
Finale: + Alberto Giuliani 64 60

Cornaiano, TC Rungg ASV

Nike Junior Tour 2013, under 12

21-28/7/2013

Quarti: + Lukas Mitterrutzner 61 60
Semifinale: + Andreas Oberhollenzer 60 61
Finale: + Sebastian Brzezinski 62 62

Serramazzoni, Mario Belardinelli SSD

Coppa Belardinelli 2013

4-10/8/2013

- Gianluca Quinzi 62 63
+ Giovanni Peruffo 62 62
+ Nicolò Pes 62 62
+ Samuel Berardi 60 61

Brunico, ATC Bruneck

Kronplatz Open

10-17/8/2013

- Klaus Markart n.d.

Milano, TC Milano A. Bonacossa

Coppa Lambertenghi, Campionati Italiani under 12

2-8/9/2013

1° t. + Saverio Piragino 61 62
2° t. + Lorenzo Musetti 62 61
Ottavi: + Alessio De Michelis 62 62
Quarti: + Michele Vianello 36 63 62
Semifinale: - Filippo Moroni 60 63

Bolzano, TC Bolzano

Masters Raiffeisen Bank the Future, under 12

7-14/9/2013

+ Hannes Senoner
+ Matteo Rizzi
- Sebastian Brzezinski

Scoglitti,
Club Med Kamarina

Nike Junior Tour, Master nazionale under 12

26-29/9/2013

Quarti: + Antonio Bonivento 62 61
Semifinale: + Sebastian Brzezinski 60 62
Finale: + Gabriele Felline 63 61

Prato,
Tennis Club Bisenzio

Trofeo F. Morini, under 12 a squadre regionali

1-3/11/2013

+ Michele Vianello 26 64 62
+ Joele Sansuini 61 60
+ Gilberto Casucci 60 61

Port Saint Lucie (Usa),
Club Med Sandpiper

Nike Junior Tour Master

8-12/12/2013

+ Roi Ginet (ISR) 64 62
- Wojciech Marek (Pol) 60 63

2014

(Jannik under 14, classifica al 31/12: 3.4)

Trento

Winter Cup

26/1/2014

- Alex Runggaldier (O45 4.1) 61 26 63
+ Kevin Friesenecker (Nor 4.3) 57 60 60
+ Marco Pialorsi (U18 4.1) 26 63 75
- Harald Salcher (O45 4.1) 26 63 75

Ortisei, TC Ortisei ASV

Torneo Open + 4NC

1-9/3/2014

- Daniel Cleva (U16 3.2) 63 46 64

Bressanone,
Tennis Bressanone

Torneo Primavera

5-13/4/2014

1° t. - Tobias Tappeiner (U14 3.3) 76(3) 63

Merano, TC Merano

Torneo Macroarea osservato

18-27/4/2014

1°t. - Jacopo Borso
(U14 3.4) n.d.

Alto Adige, Serie D1, gara a squadre

24/4/2014

+ Klaus Kruselburger
(O35 4.1) 57 61 62
+ Alex Eccel Trappolin
(Nor 3.4) 76 61
+ Manuel Buratti
(Nor 4.2) 64 61
+ Mathias Pesarin
(Nor 3.5) 75 46 60

Alto Adige, Under 16, gara a squadre

27/4/2014

+ Lukas Ladstaetter 62 62
+ Simon Poernbacher
61 61
- Moritz Trocker 63 16 62
+ Gabriel Matteucci
36 63 61
- Moritz Trocker 64 63

Pavia, Tennis Club Pavia

Torneo under 14 Tennis Europe

3-10/5/2014

1° t. - Liam Hedlund (Sve)
06 64 64

Bressanone, Tennis Bressanone

Campionati provinciali under 13

17-25/5/2014

Quarti: + Daniel Botti
60 62
Semifinale: + Federico Montesani
60 60
Finale: + Matteo Rizzi
63 64

Correggio, Circolo Tennis Correggio

Torneo under 14 Tennis Europe

24-31/5/2014

1° t. bye
2° t. + Niccolò Marianelli
63 61
3° t. - Mattia Bellucci
62 62

Treviso, Eurotennis Club

Torneo under 14 Tennis Europe

9-15/6/2014

1° t. - David Sedlar (Cze) 60 61

Merano, TC Merano

Torneo giovanile di Merano

21-29/6/2014

Quarti: + Michael Bortolameolli 60 60
Semifinale: + Alex Laimer 64 61
Finale: + Ivan Martinelli 64 61

Bolzano, TC Bolzano

Campionati provinciali Open 3°/4°/NC

28/6-6/7/2014

1° t. - Marco Endrizzi (O50 3.4) 62 16 64

Villabassa, TV Niederdorf ASV

Torneo nazionale di 3° e 4° lim. 4.3

5-13/7/2014

1° t. - Giovanni Zamboni (U18 3.4) 63 62

Brunico, Tennis San Giorgio

Raiffeisen Bank the Future under 14

6-13/7/2014

1° t. + Filippo Maccaferri 60 62
Quarti: + Leopoldo Deutsch 61 61
Semifinali: + Giacomo Carzaniga 61 61
Finale: + Tobias Tappeiner 60 60

Brunico, Tennis San Giorgio

Raiffeisen Bank the Future under 16

6-13/7/2014

1° t. + Filippo Grilli 62 61
Quarti: + Matteo Cevasco 75 26 63
Semifinali: + Tobias Tappeiner 62 rit.
Finale: - Thomas Berger 62 63

Gais, AT Gais

Torneo nazionale Raiffeisen Grand Prix 3°/4°/NC

1° t. + Leonardo Chiari (U14 3.5) 62 61
2°t. - Enrico Giacomini (U16 3.3) 64 75

Brunico, ATC Bruneck

Memorial Maria Teresa Riedl under 14

13-20/7/2014

1° t. + Tommaso Nori 60 61
Quarti: + Carlo Regalia 61 61
Semifinali: +Alberto Giuliani 60 62
Finale: + Alberto Borroni 60 60

Serramazzoni, Mario Belardinelli SSD

Coppa Belardinelli, gara nazionale a squadre

3/8/2014

+ Ivan Mostoles 60 60
+ Carlo Emanuele Marsilio 60 61
+ Giacomo Dambrosi 62 67 10-7
+ Mattia Bellucci 46 64 61
+ Gilberto Casucci 60 61
+ Giovanni Peruffo 60 76 63
- Mauro De Maio 64 62

Brunico, Tennis San Giorgio

Raiffeisen Tennis Grand Prix, torneo Open, Terza categoria

6-15/8/2014

1°t. + Simone Agostini (O50 3.4) 60 64
2° t. - Valerio Catini (O45 3.2) 63 62

Brunico, ATC Bruneck

Raiffeisen Grand Prix, Terza categoria

9-17/8/2014

1° t. + Luciano Cecchinelli (O55 3.4) 60 60
2° t. + Massimo Colombo (O35 3.3) 75 63
3° t. - Thomas Toniatti (Nor 3.2) 60 62

Avezzano, Avezzano Tennis Team

Campionati Italiani under 13

19-24/8/2014

1° t. bye
2° t. + Daniele Zappalà 62 60
Ottavi: + Joele Sansuini 64 64
Quarti: + Mauro De Maio 64 64
Semifinale: - Matteo Arnaldi 16 62 1-0 rit.

Casinalbo, Club La Meridiana Casinalbo

Campionati italiani under 14

2-7/9/2014

1° t. + Leonardo Venturini (U14 3.5) 61 63
2° t. - Edoardo Cecere (U14 3.2) 64 63

Bolzano, TC Bolzano

Masters Raiffeisen Bank the future, under 14

8-13/9/2014

Quarti: + Noel Rainer 60 60
Semifinale: + Alex Kostner 60 60
Finale: + Tobias Tappeiner 76 16 64

2015

(Jannik under 14, classifica al 31/12: 3.2)

Tirrenia, Centro Tecnico Nazionale FIT,

Coppa Inverno 2014-15, gara a squadre per province

3-5/12/2014

+ Matteo Arnaldi 64 60
+ Michele Vianello 75 61
+ Marco Matteoli 60 62

Esch Sur Alzette (Lux)

Winter Cup 2015, Tennis Europe, gara internazionale a squadre under 14, duro indoor

6-8/2/2015

- Nino Ehrenschneider (Ger) 62 75
+ Bernardo Serra Vieira (Por) 60 63

Ortisei, TC Ortisei ASV

Torneo Open + 4/NC, tabellone intermedio

14-22/2/2015

+ Wolfgang Wanker (O50 4.1) 62 62

Londra (Gbr)

Nike Junior International under 16

30/3-5/4/2015

1° t. + Benjamin Tixier (Fra) 75 61
Ottavi: + Mikar Fisher (Gbr) 62 62
Quarti: - Federico Arnaboldi 75 61

Alto Adige, Serie C, gara a squadre

1/4/2015

- Georg Winkler (U18 2.5) 60 60
- Martin Mair (Nor 2.8) 61 63
+ Franco Moretti (O45 3.1) 75 62

Alto Adige, Campionato under 16, gara a squadre

1/4/2015

+ Noel Rainer 60 60
+ Klemens Weinreich 60 61
- Manuel Bernard 57 76 75

San Mauro, Country Club

Open Città di San Mauro - Memorial Gianluca Bosco

4-12/7/2015

+ Riccardo Sosso (U16 3.1) 64 26 64
- Marco Scarpino (Nor 3.1) 16 63 61

Bolzano, TC Comune di Bolzano

Torneo Open, tabellone intermedio

25/7-2/8 2015

- Filippo Orrù (O40 3.3) 62 63

Mezzolombardo, CT Mezzolombardo

54° Torneo Open, tabellone intermedio

1-9/8/2015

+ Gabriel Matteucci (U18 3.2) 64 46 75
- Manuel Bernard (U16 3.1) 63 62

Brunico, ASC San Giorgio

Gran Prix Raiffeisen, torneo Terza categoria

1° t. - Egon Taschler (Nor 3.3) 61 62

Brunico, ATC Bruneck

Kronplatz Open, tabellone intermedio

6-16/8/2015

+ Markus Thaler (Nor 4.1) 62 62
+ Filippo Minotti (Nor 3.2) 60 63

Finale Ligure, TC Finale

Torneo Open Memorial Federico Bosio

15-23/8/2015

- Stefano Pivato (Nor 3.2) 63 64

Goito, TC Goito

Torneo Terza categoria, quarta edizione

18-29/8/2015

1°t. - Alex Saraiva Martins (Nor 3.4) 46 64 75

Forlì, Asd Villa Carpena

Campionati italiani under 14° Memorial Federico Luzzi

1-6/9/2015

1° t. + Andrea Melisi 75 61
Ottavi: + Nicolò Pes 63 62
Quarti: - Filippo Moroni 63 63

Bol (Cro)

Croatia F16 Futures ITF, terra battuta, qualificazioni

14-20/9/2015

1° t. - David Novotny (Ger) 60 63

Bol (Cro)

Croatia F17 Futures ITF, terra battuta, qualificazioni

21-27/9/2015

1° t. - Leonard Von Hindte (Ger) 62 62

Trento, CT ATA Battisti

Torneo Open

26/12/2015-10/1/2016

1° t. - Andrea Mabellini (U16 3.3) n.d.

2016

(Jannik under 16, classifica al 31/12: 3.1, ITF Junior year-end n° 1709)

Coppa Inverno 2015-16, gara a squadre per province

6-7/12/2015

- Marco Furlanetto 64 61
+ Gianluca Quinzi 62 26 75

Siroki Brijeg (Bih)

Siroki Brijeg Open I, ITF Junior, sintetico indoor, qualificazioni

19-24/1/2016

1° t. - Robin Vanhauwe (Bel) 63 63

Siroki Brijeg (Bih)

Siroki Brijeg Open II, ITF Junior, sintetico indoor, qualificazioni

25-30/1/2016

1° t. - Rok Komac (Slo) 64 76(6)

Pietra Ligure, Tennis Club Pietra

Torneo Open limit. 2.5

5-14/2/2016

1°t. -Andrea De Berchi (U14 3.1) 61 64

Alessandria, CSC Orti

Torneo weekend limit. 2.5

6-21/2/2016

1° t. - Matteo Bianco 16 75 64

Toirano, TC Toirano

Torneo Terza categoria, tabellone finale

Quarti: + Filippo Gallo (U14 3.5) 61 62
Semifinale: + Tomaso Ginocchio (Nor 3.2) 64 60
Finale: + Pier Paolo Telesio (Nor 3.1) 57 76 62

Sanremo, Tennis Sanremo

Circuito Ponente limitato 3.1, tabellone finale

26/2-6/3/2016

1° t. + Alessandro Verdini (O35 3.5) 60 62
Quarti: + Andrea Palombella (Nor 3.5) 62 61
Semifinale: - Matteo Vela (O35 3.1) 63 57 61

Opatija (Cro)

Croatia F4 Futures, terra battuta, qualificazioni

21-27/3/2016

1° t. + Leo Kovacic (Cro) 61 60
2° t. - Vladimir Filip (Rom) 63 67(4) 61

Rijeka (Cro), Teniski Klub Kvarner

Kvarner Junior Open, qualificazioni

26/3-3/4/2016

1° t. + Sandro Kopp (Aut) 36 61 62
2° t. + Stefan Dragovic (Mne) 64 76
3° t. - Mattia Bellucci 40 rit.

Andora, ASD Atletika Andora

Torneo Open

29/3-10/4/2016

1° t. - Lorenzo Morabito (Nor 3.4) n.d.

Bologna, Siro Tennis

Open Prequalificazioni BNL, sezione da 3.5 a 3.1

1-17/4/2016

1° t. - Silvio Pilone (U16 3.4) n.d.

Fagnano Olona, Fagnano Tennis

Torneo Open, tabellone intermedio 2

2-14/6/2016

+ Matteo Censi (Nor 3.2) 63 63
+ Luca Cozzi (Nor 3.1) 64 75

Crema, TC Crema

Torneo internazionale under 16 Tennis Europe

11-19/6/2016

1° t. + Andrea Casati 16 63 63
Ottavi: - Valerio Perruzza 26 63 62

Mestre, Sporting Mestre

Torneo internazionale under 16 Tennis Europe

18-25/6/2016

1° t. - Andrea Gola 63 63

Imola, ASBID Imola

Torneo Open, 26° memorial Marcello Miceti, 4° sezione

23/6-9/7/2016

1° t. + Pier Paolo Campoli (Nor 3.3) 62 75

Rosignano Solvay, CT Canottieri Solvay

Torneo Open, tabellone Terza categoria

23/7-3/8/2016

1°t. - Carlo Alberto Funghini (Nor 3.2) 62 67

Pontedera, CT Pontedera

Torneo Italy F22 Futures ITF, qualificazioni

25-31/7/2016

1°t. - Marco De Rossi (SMR) 61 16 76(5)

Domzale (Slo),

Slovenian Junior Open, ITF under 18 J60, terra battuta, qualificazioni

9-14/8/2016

1° t. + Cezar Rata (Usa) 75 64
2° t. + Filip Martic (Cro) 64 46 75
3° t. - Stefan Peter Hampe (Ger) 46 62 64

Kranj (Slo),

TK Triglav Open, ITF under 18 J60, terra battuta, qualificazioni

16-21/8/2016

1° t. + Alijaz Fugina (Slo) 63 64
2° t. - Fabian Penzkofer (Ger) 62 64

Maribor (Slo),

J4 Maribor, J60 Boys, terra battuta, qualificazioni

23-27/8/2016

1° t. + Aljaz Senica (Slo) 62 64
2° t. + Ronald Gabas (Svk) 62 61
3° t. + Christopher Frantzen (Ger) 57 60 62
Tabellone principale
1° t. + Dominik Hrunkac (Svk) 75 16 61
2°t. - Nazar Achour (Can) 16 61 64

Sanremo, Tennis Sanremo

Campionati italiani under 16, qualificazioni

3-5/9/2016

1° t. + Marco Zappoli (3.3) 61 61
2° t. + Andrea Bonavia (3.5) 60 60
3° t. + Andrea Gola (2.8) 61 60

Sanremo, Tennis Sanremo campionati italiani under 16, tabellone principale

6-11/9/2016

1° t. + Pietro Pettinà (2.8) 62 62
2° t. - Federico Arnaboldi (2.5) 62 62

Rabat (Mar), Club Riad ITF/CAT Junior, J30, duro, qualificazioni

17-22/10/2016

1° t. + Ayoub Rhout (Mar) 63 60
2° t. - Alberto Colas Sanchez (Spa) 62 64

El Menzah (Tun), Tunisia ITF Junior, J30, duro, qualificazioni

1-6/11/2016

1° t. + Anwer Jebri (Tun) 64 62
2° t. + Houssem Ben Moussa (Tun) 75 62
3° t. + Marco Matteoli 62 46 75

Tabellone principale
1° t. +Amine Ben Jemia (Tun) 61 60
2° t. Joao Pedro Fernandes Martins (Por) 75 60
Quarti: - Niccolo Inserra 67(6) 75 61

Doppio
(con Roberto Binaghi)
1° t. + Chouaieb/Helai (Tun) 63 63
Quarti: + Mohamed Selim Ben Ali (Tun)/ Mohamed Anouar Braham (Tun) 16 63 11-9
Semifinale: - Joao Pedro Fernandes Martins (Por)/Adan Freire Da Silva (Fra) p.r.

2017

(Jannik under 16, classifica al 31/12: 2.4, ITF Junior year-end n° 204)

Amburgo

ITF Juniors Amburgo, ITF under 18 J60, duro indoor, qualificazioni

7-12/2/2017

1° t. + Felix Steen (Ger) 62 60
2° t. + Filippo Speziali 64 62
3° t - Lewie Lane (Ger) 61 60

Frederiksberg (Dan)

ITF Junior Cup Copenhagen Indoor, J60 Boys, duro Indoor, qualificazioni

13-19/2/2017

1° t. + Oscar Beck (Dan) 64 60
2° t. + Alexander Schou (Dan) 75 64
3° t. - Mathias Gavelin (Sve) 60 64
Tabellone principale
1°t. - Kevin Chahoud (Sve) 26 61 63

Kaarina (Fin), Aktia Arena

Alk Open, duro indoor, qualificazioni

22-26/2/2017

1°t. + Mikael Martikainen (Fin) 63 64
2° t. + Anttoni Kinnunen (Fin) 62 62
Non partecipa al tabellone principale

Doha (Qat), Khlaifa International Tennis Complex

J4 Qatar ITF Junior Open, J60 Boys, duro, qualificazioni

20/25/3/2017

1° t. - Abdulaziz Albayouk (Ksa) 36 63 75

Doha (Qat), Khlaifa International Tennis Complex

J4 Qatar ITF Junior Open, J60 Boys, duro, qualificazioni

27/3-1/4/2017

1° t. + Hamad Nawaf (Yem) 61 60
2° t. + Edward Pudney (Gbr) 64 64
3° t. + Andrija Pavlović (Srb) 64 61
Tabellone principale
1° t. + Pawel Jankowiak (Pol) 61 60
Ottavi: + Harry Wendelken (Gbr) 36 64 75
Quarti: + Marko Vejnovic (Sve) 64 61
Semifinale: + Luca Staeheli (Svi) 62 62
Finale: + Harold Mayot (Fra) 76(6) 26 63

Marsa (Mlt), Marsa Sports Club

Ricoh Malta ITF World Ranking Tournament, J60 Boys, duro

3-8/4/2017

1° t. - Jacob Fearnley (Gbr) 63 63

Paola (Mlt), Tennis Club Kordin

International Tournament, J30 Boys, duro

10-15/4/2017

1° t. + David Quayle (Gbr) 62 63
Ottavi: + Tsimafei Basalyha (Blr) 61 62
Quarti: + Joseph White (Gbr) 62 60
Semifinale: - Louis Herman (Bel) 64 62

Salsomaggiore, Tennis Club Salsomaggiore

34° Torneo ITF Junior under 18 Salsomaggiore Terme, Grade 2, terra battuta

29/4-7/5/2017

Qualificazioni
1° t. + Alberto Morolli 60 61
2° t. + Tommaso Lippi 64 61
3° t. + Lukas Krainer (Aut) 57 61 75
Tabellone principale
1° t. + Igor Gimenez (Bra) 16 76(5) 62
2° t. - Chun-Hsin Tseng (Tpe) 75 60

Prato, TC Prato

25° Torneo Città di Prato - ITF Junior under 18, Grade 2, terra battuta

9-14/5/2017

1° t. + William Grant (Usa) 63 76(5)
2° t. + Bu Yunchaokete (Chn) 61 61
3° t. + Samuele Ramazzotti 76(5) 62
Quarti: + Guido Marson 67(6) 63 76(5)
Semifinale: - Yu Hsiou Hsu (Tpe) 61 62

Milano, TC Milano A. Bonacossa

58° Trofeo Bonfiglio – Internazionali d'Italia Juniores, ITF Junior, Grade A, terra battuta

22-28/5/2017

1° t. - Yshai Oliel (Isr) 64 76(1)

Offenbach (Ger)

25° Torneo internazionale Juniores di Offenbach, Grade 1, terra battuta, qualificazioni

13-18/6/2017

1° t. - Hamish Stewart (Gbr) 63 62

Berlino (Ger)

Allianz Kundler German Juniors, ITF under 18, Grade 1, terra battuta, qualificazioni

20-25/6/2017

1°t. + Julius Linnemann 62 62
2° t. - Otto Virtanen (Fin) 75 64

Albinea, CT Albinea

ITF Italy F20 Futures, terra battuta, qualificazioni

3-9/7/2017

1° t. - Alessandro Dragoni 63 62

Pontedera

Italy F23 Futures, qualificazioni

24-30/7/2017

1° t. + Leonardo Braccini 64 63
2° t. - Leonardo Cocchella W.O.

Pancevo (Srb), Tennis Klub Dinamo

Pancevo International under 18, Grade 2, terra battuta

29/8-2/9/2017

1° t. + Dominik Palan (Cze) 62 61
2° t. - Nini Gabriel Dica (Rom) 62 63

Mantova,
Canottieri Mincio

Campionati italiani under 16, terra battuta

4-10/9/2017

1° t. + Tommaso Pace 60 62
2° t. + Alberto Giuliani 61 63
Quarti: + Matteo Arnaldi 61 61
Semifinale: + Michele Vianello 63 60
Finale: - Giulio Zeppieri 63 63

<u>Doppio</u>
(con Giulio Zeppieri)
Semifinale: + Flavio Cobolli/Lorenzo Rottoli 75 61
Finale: + Marco Furlanetto/Michele Vianello 46 64 10-3

Palermo, CT Palermo

3° Torneo junior Città di Palermo, ITF under 18, Grade 3, terra battuta

12-17/9/2017

1° t. - Simon Anthony Ivanov (Bul) 63 75

El Prat (Spa),
Academia Sanchez-Casal

Antonio Hernandez Cup ITF under 18, Grade 4, terra battuta

2-7/10/2017

1° t. + Mikel Aranzabal (Spa) 75 61
2° t. + Alex Martinez (Spa) 62 61
Quarti: + Alejandro Garcia (Spa P) 63 62
Semifinale: + Duccio Petreni 62 60
Finale: + Giuseppe La Vela 63 61

Pontevedra (Spa)

J2 Sanxenxo, 6° Torneo internazionale di Pontevedra, IFT under 18, Grade 2, duro, qualificazioni

10-15/10/2017

1° t. + David Quayle (Gbr) 63 63
2° t. - Emilien Voisin (Fra) 26 61 63

Pontevedra (Spa)

J2 Sanxenxo, Internazionali Junior Sanxenxo-Fuente Liviana, ITF under 18, Grade 2, duro, qualificazioni

17-22/10/2017

1° t. + Martins Rocens (Lat) 64 75
2° t. + Nicolas Garcia Torrealba (Spa) 61 61
Quarti: - Jake Hersey (Gbr) 62 63

Mohammedia (Mar), Royale Tennis Club de Mohammedia

Raquette D'Or - ITf under 18, Grade 3, terra battuta

23-28/10/2017

1° t. + Adam Nagoudi (Tun) 62 62
2° t. + Christian Lerby (Ola) 64 64
Quarti: - Simon Anthony Ivanov (Bul) 76(4) rit.

2018

(Jannik under 18, classifica al 31/12: 2.4, ATP year-end n° 551, ITF Junior year-end n° 385)

Sharm El Sheikh (Egy)

ITF Egypt F1 Futures ITF $15.000, duro, qualificazioni

15-21/1/2018

1° t. - Johannes Haerteis (Ger) 63 57 75

Sharm El Sheikh (Egy)

ITF Egypt F2 Futures ITF $15.000, duro, qualificazioni

22-28/1/2018

1° t. + Lucas Gerch (Ger) 63 75
2° t. - Fábián Marozsán 46 62 61

Sharm El Sheikh (Egy)

ITF Egypt F3 Futures ITF $15.000, duro, main draw

29/1-4/2/2018

1° t. + Aryan Goveas (Ind) 64 64
2° t. - Johan Sebastien Tatlot (Fra) 63 64

Sharm El Sheikh (Egy)

ITF Egypt F4 Futures ITF $15.000, duro, qualificazioni

5-11/2/2018

1° t. + Killian Davanzo (Sui) 61 76(5)
2° t. - Lucas Gerch (Ger) 46 63 75

Heraklion (Gre)

Greece F2 Futures ITF $15.000, duro, qualificazioni

5-11/3/2018

1° t. + Gillermo Aracena (Chi) 60 60
2° t. - Corrado Summaria 63 16 63

Heraklion (Gre)

Greece F3 Futures ITF $15.000, duro, tabellone principale

12-18/3/2018

1° t. - Guy Den Heijer (Ola) 63 76(6)

Heraklion (Gre)

Greece F4 Futures ITF $15.000, duro, qualificazioni

19-25/3/2018

1° t. + Rayne Roselt (Rsa) 60 61
2° t. + Alexander Donski (Bul) 64 75
3° t. + Conor Berg (Usa) 64 62
Tabellone principale
1° t. - Rudolf Molleker 64 75

Heraklion (Gre)

Greece F5 Futures ITF $15.000, duro, qualificazioni

26/3-1/4/2018

1° t. + Dimitrios Panagiotis Manousakis (Gre) 62 60
2° t. + Isa Mammetgulyyev (Tkm) 75 63
3° t. + Mitchell Thomas McDaniels (Usa) 75 75
Tabellone principale
1° t. + Mateo Nicolas Martinez (Arg) 64 62
2° t. - Yaraslav Shyla (Blr) 64 64

Wisla (Pol)

Poland F1 Futures ITF $15.000, terra battuta, qualificazioni

30/4-6/5/2018

1° t. + Igor Tinyakov (Rus) 60 62
2° t. + Moritz Dettinger (Ger) 75 63
3° t. - Robert Strombachs (Ger) 75 76(3)

Wisla (Pol)

Poland F2 Futures ITF $15.000, terra battuta, qualificazioni

7-13/5/2018

1° t. bye
2° t. + Patryk Krolik (Pol) 63 61
3° t. + Davids Damian Brna (Svk) 62 64
Tabellone principale
1° t. + Timur Kiyamov (Rus) 76(6) 64
2° t. - Pawel Juszczak (Pol) 46 62 64

Casale Monferrato

Italy 10 Futures ITF $15.000, terra battuta

14-20/5/2018

1° t. + Jacopo Stefanini 63 61
2° t. + Filippo Moroni 76(2) 63
Quarti: - Giovanni Fonio 63 63

Milano, TC Milano A. Bonacossa

59° Trofeo Bonfiglio - Internazionali d'Italia Juniores, ITF Junior, Grade A, terra battuta

19-26/5/2018

1° t. + Leonard Bierbaum (Ger) 61 60
2° t. + Tristan Boyer (Usa) 60 62
Ottavi: + Jonas Forejtek (Cze) 63 63
Quarti: - Naoki Tajima (Gia) 46 61 76(2)

Reggio Emilia

Italy 12 Futures ITF $15.000, terra battuta

1° t. + Federico Iannaccone 64 60
2° t. - Maxime Tabatruong (Fra) 62 64

Milano, Harbour Club

ATP Challenger, qualificazioni, terra battuta

25/6-1/7/2018

1° t. - Jordi Samper-Montana (Spa) 63 64

Cornaiano, TC Rungg ASV

Italy F22 Futures ITF $25.000, terra battuta, qualificazioni

6-12/8/2018

1° t. bye
2° t. + Sebastian Brzezinski 63 46 60
3° t. + Luca Tomasetto 60 64
Tabellone principale
1° t. + Giacomo Dambrosi 63 67(5) 64
2° t. - Juan Pablo Ficovich (Arg) 63 63

Santa Cristina Val Gardena

Italy F23 Futures ITF $15.000, terra battuta

13-19/8/2018

1° t. + Gianluca Acquaroli 61 62
2° t. + Lorenzo Frigerio 75 64
Quarti: + Joy Vigani 76(3) 62
Semifinali: + Alessandro Ceppellini 67(4) 64 64
Finale: - Peter Heller (Ger) 61 63

Cuneo, International Country Club

Italy F24 Futures ITF $15.000, terra battuta

20-26/8/2018

1° t. + Andrea Gola 46 64 64
2° t. - Alessandro Petrone 57 63 61

Como, Villa Olmo

ATP Challenger 90, €64.000, terra battuta

27/8-2/9/2018

1° t. - Andrej Martin (Svk) 63 62

Genova,
CT Valletta Cambiaso

ATP Challenger $150.000+H, qualificazioni, terra battuta

1-9/9/2018

1° t. - Juan Pablo Varillas (Per) 61 63

Santa Margherita di Pula, Forte Village Tennis Academy

Italy F27 Futures, ITF $25.000, terra battuta

1° t. + Demian Raab (Ger) 63 63
2° t. - Samuel Bensoussan (Fra) 36 76(6) 60

Biella, ASD Faggi Accademia del tennis

ATP Challenger, qualificazioni, terra battuta

15-22/9/2018

1° t. - Oscar Jose Gutierrez (Bra) 46 64 76(5)

Ortisei, TC Ortisei

Ortisei ATP Challenger 90, €64.000, duro indoor

8-14/10/2018

1° t. + Luca Giacomini 76(4) 61
2° t. - Constant Lestienne (Fra) 67(6) 75 75

Monastir (Tun)

Tunisia F37 Futures ITF $15.000, duro

22-28/10/2018

1° t. + Skander Mansouri (Tun) 26 64 62
2° t. + David Pichler (Aut) 61 62
Quarti: Aziz Dougaz (Tun) w/o

Andria, CT Andria

Andria ATP Challenger 80, €43.000, duro

19-25/11/2018

1° t. - Illya Marchenko (Ukr) 46 62 64

2019

(Jannik under 18, classifica al 31/12: 2.2, ATP year-end n° 78, ITF Junior year-end n° 466)

Monastir (Tun), Hotel Skanes Family

Monastir 02, M15, duro, ITF $15.000

14-20/1/2019

1° t. + Jonathan Mridha (Sve) 75 rit.
2° t. Gabriel Petit (Fra) 36 75 62

Monastir (Tun), Hotel Skanes Family

Monastir 03, duro, ITF $15.000

21-27/1/2019

1° t. - Luis Faria (Por) 63 26 64

Monastir (Tun), Hotel Skanes Family

Monastir 04, M15, duro, ITF $15.000

28/1-3/2/2019

1° t. + Luke Johnson (Gbr) 36 63 75
2° t. - Evan Hoyt (Gbr) 63 64

Aktobe (Kaz), Aktobe Tennis Center

M25, duro indoor, ITF $25.000

11-17/2/2019

1° t. + Aliaksandr Liaonenka (Blr) 62 62
2° t. + Artem Dubrivnyy (Rus) 61 63
Quarti: + Timur Kiyamov (Rus) 64 26 63
Semifinale: Niels Lootsma (Ola) 36 63 75

Bergamo, Palasport

Bergamo ATP Challenger 80, €46.600, duro indoor

18-24/2/2019

1° t. + Lucas Miedler (Aut) 76(3) 61
2° t. + Salvatore Caruso 62 26 62
Ottavi: + Viktor Galovic (Cro) 75 16 64
Quarti: + Gianluigi Quinzi 62 63
Semifinale: + Tristan Lamasine (Fra) 62 63
Finale: + Roberto Marcora 63 61

Trento, CT ATA Battisti

Torneo ITF M25, duro indoor, $25.000

25/2-3/3/2019

1° t. + Albano Olivetti (Fra) 76(7) 36 76(4)
2° t. + Jules Okala (Fra) 64 64
Quarti: + Antoine Cornut-Chauvinc (Fra) 60 76(6)
Semifinale: + Elmar Ejupovic (Ger) 75 63
Finale: + Jeremy Jahn (Ger) 63 64

Santa Margherita Di Pula, Forte Village Sports Academy

Torneo ITF $25.000, M25, terra battuta

25-31/3/2019

1° t. + Florent Bax (Fra) 67(4) 64 60
2° t. + Laurent Lokoli (Fra) 62 62
Quarti: + Ronald Slobodchikov (Rus) 76(1) 40 rit.
Semifinale: + Fabrizio Ornago 64 75
Finale: + Andrea Pellegrino 61 61

Alicante (Spa), Ferrero Tennis Academy

Alicante Challenger, ATP Challenger 80, €46.600, terra battuta

1-7/4/2019

1° t. - Carlos Alcaraz (Spa) 62 36 63

Barletta, CT Barletta

Barletta Challenger, ATP Challenger 80, €46.600, terra battuta

8-14/4/2019

1° t. + Gian Marco Moroni 06 64 61
2° t. - Andrea Arnaboldi 75 63

Budapest (Ung), Nemzeti Edzés Központot

Hungarian Open, ATP 250, terra battuta, qualificazioni

22-28/4/2019

1° t. + Lukas Rosol (Cze) 62 30 rit.
2° t. - Yannick Maden (Ger) 63 64
Tabellone principale (ripescato come Lucky Loser)
1° t. + Máté Valkusz (Ung) 62 06 64
2° t. - Laslo Djere (Srb) 63 61

Ostrava (Cze), SC Ostrava

Ostrava ATP Challenger 80, €46.600, terra battuta

29/4-5/5/2019

1° t. + Attila Balázs (Ung) 64 76(6)
2° t. + Dominik Koepfer (Ger) 62 63
3° t. + Jiří Lehečka (Cze) 64 62
Quarti: + Jiří Veselý (Cze) 64 76(4)
Semifinale: + Steven Diez (Can) 64 46 62
Finale: + Kamil Majchrzak (Pol) 61 60

Roma, Foro Italico

Internazionali BNL d'Italia, prequalificazioni, terra battuta

5-8/5/2019

1°t. bye
2° t. + Luca Tomasetto 76(4) 64
Quarti: + Riccardo Balzerani 62 60
Semifinale: + Lorenzo Musetti 67(5) 76(6) 63
Finale: - Andrea Basso 67(3) 64 63

Roma, Foro Italico

Internazionali BNL d'Italia, ATP Masters 1000, tabellone principale

13-19/5/2019

1° t. + Steve Johnson (Usa) 16 61 75
2° t. - Stefanos Tsitsipas (Gre) 63 62

Lione (Fra), Open Parc Auvergne-Rhône-Alpes

ATP 250, terra battuta, qualificazioni

20-26/5/2019

1° t. + Antoine Hoang (Fra) 64 57 61
2° t. + Tristan Lamasine (Fra) 64 63
Tabellone principale
1° t. - Tristan Lamasine (Fra, Lucky Loser) 60 76(5)

's-Hertogenbosch (Ola), Autotron Rosmalen

Libema Open, ATP 250, erba, qualificazioni

10-16/6/2019

1° t. + Lukas Lacko (Svk) 67(6) 76(5) 62
2° t. + Thomas Fabbiano 64 62
Tabellone principale
1° t. - Nicolás Jarry (Chi) 76(4) 63

Halle (Ger), Gerry Weber Stadion

Terra Wortmann Open, ATP 500, erba, qualificazioni

17-23/6/2019

1° t. - João Sousa (Por) 67(6) 63 64

Wimbledon, Londra (Gbr), All England Lawn Tennis Club

The Championships, Grande Slam, erba, qualificazioni

1-14/7/2019

1° t. - Alex Bolt (Aus) 26 75 12-10

Umago (Cro), International Tennis Center

Plava Laguna Croatia Open, ATP 250, terra battuta

15-21/7/2019

1° t. + Pedro Sousa (Por) 16 63 64
2° t. - Aljaz Bedene (Slo) 76(3) 63

Binghamton, NY (Usa), Recreation Park

Binghamton Challenger 80, duro, $54.160

22-28/7/2019

1° t. Tomás Barrios Vera (Chi) 64 46 64
2° t. - Mitchell Krueger (Usa) 75 16 63

Lexington, Kentucky (Usa), Hilary J. Boone Tennis Complex

ATP Challenger 80, duro, $54.160

29/7-4/8/2019

1° t. bye
2° t. + Alexey Zakharov (Rus) 46 61 63
3° t. + Maxime Cressy (Usa) 64 67(10) 61
Quarti: + Duckhee Lee (Kor) 46 63 61
Semifinale: + Juan Cruz Aragone (Usa) 62 64
Finale: + Alex Bolt (AUS) 64 36 64

Aptos, California (Usa), Seascape Sports Club

CA Challenger, ATP Challenger 90, $81.240, duro

5-11/8/2019

1° t. Sem Verbeek (Ola) 36 76(3) 62
2° t. - Björn Fratangelo (Usa) 76(6) 63

New York (Usa), USTA National Tennis Center

US Open, Grande Slam, duro, qualificazioni

26/8-8/9/2019

1° t. + Matteo Viola 61 60
2° t. + Viktor Galović (Cro) 46 76(2) 75
3° t. + Mario Vilella Martinez (Spa) 76(1) 60
Tabellone principale
1° t. - Stan Wawrinka (Svi) 63 76(4) 46 63

San Pietroburgo (Rus), Sibur Arena

St. Petersburg Open, ATP 250, duro indoor

16-22/9/2019

1° t. - Mikhail Kukushkin (Kaz) 63 76(4)

Orleans (Fra), Palais des sports d'Orleans

ATP Challenger 125, €137.560, duro indoor

23-29/9/2019

1° t. bye
2° t. + Lucas Miedler (Aut) 76(1) 62
3° t. - Aljaz Bedene (Slo) 64 46 64

Mouilleron-Le-Captif (Fra), Vendéspace

ATP Challenger 100, €92.040, duro indoor

7-13/10/2019

1° t. bye
2° t. + Tristan Lamasine (Fra) 75 61
3° t. + Lukas Rosol (Cze) 67(3) 75 63
Quarti: + Marius Copil (Rom) 36 61 64
Semifinale: - Mathias Bourgue (Fra) 64 46 76(6)

Anversa (Bel), Lotto Arena

European Open, ATP 250, duro indoor

14-20/10/2019

1° t. + Kamil Majchrzak (Pol) 64 62
2°t. + Gaël Monfils (Fra) 63 62
Quarti: + Frances Tiafoe (Usa) 64 36 63
Semifinale: - Stan Wawrinka (Svi) 63 62

Vienna (Aut), Wiener Stadthalle

Erste Bank Open, ATP 500, duro indoor

21-27/10/2019

1° t. + Philipp Kohlschreiber (Ger) 63 64
2° t. - Gaël Monfils (Fra) 63 76(8)

Milano, Allianz Cloud

Intesa Sanpaolo Next Gen ATP Finals, $1.400.000, duro indoor

5-9/11/2019

Girone di qualificazione
+ Frances Tiafoe (Usa) 45(4) 42 42 42
- Ugo Humbert (Fra) 54(5) 45(3) 42 42
+ Mikael Ymer (Sve) 40 42 41
Semifinale: + Miomir Kecmanović (Srb) 24 41 42 42
Finale: + Alex De Minaur (Aus) 42 41 42

Ortisei, TC Ortisei

ATP Challenger 80, €46.600, duro indoor

11-17/11/2019

1° t. bye
2° t. + Lucas Miedler (Aut) 76(5) 75
3° t. + Roberto Marcora 63 64
Quarti: + Federico Gaio 64 64
Semifinale: + Antoine Hoang (Fra) 63 76(4)
Finale: + Sebastian Ofner (Aut) 62 64

Bibliografia

Clerici Gianni e Piatti Riccardo,
Il tennis facile,
Baldini+Castoldi, Milano 2021

Lombardi Roberto,
100 anni di tennis in Italia,
Vallardi, Milano 2010

Nizegorodcew Alessandro, AlexVittur:
Emergere significa lavorare,
Spazio Tennis, 23/1/2011

Piatti Riccardo e Ferrero Federico,
Il mio tennis,
Rizzoli, Milano 2021

Ricordi di Sinner a Bergamo dove tutto è iniziato,
www.supertennis.it, 31/1/2024

Sunday Morning: coach Piatti racconta Jannik Sinner,
www.supertennis.it, 22/6/2019

Visetti Giampaolo,
Sinner, il campione da cucciolo,
La Repubblica, 23/11/2019

Frola Federica, *Alla scoperta di Sinner*,
video su canale televisivo SuperTennis del marzo 2019

Montemagno Marco, *4 chiacchiere con Jannik Sinner e Riccardo Piatti*, video su YouTube del 2/4/2020